# 且在人間

余秀華

# 目錄

人間是好的。我卻把它用壞
最好的，是我在愛你。最壞的是我已經把你
愛得不像樣子

——余秀華

# 且在人間

# 1

風刮在臉上，如纖細的鞭子，弄得她面部神經愈加緊張。她伸手去，想捉住這些鞭子，顯然，不可能。北面的天陰沉沉，很重，一場雪正在往這裡匯聚。為了避一避風，她偶爾背過來，倒退著走。但是這樣幾乎無法邁動步子，她的身體搖晃得厲害，隨時要摔倒的樣子，當然她是看不到自己的樣子的，如果別人看，就感覺她要摔倒呢。

不過現在這條路上沒有別人，就只她和他。他在她的前面一百米的樣子，如果不是為了等她，他早就走得不見影兒了。即使他很耐心地走走停停，她還是跟不上他，他就在前面喊：周玉，你快點！她應著他的呼喚急走了幾步就氣喘吁吁了。風割得她睜不開眼睛，為了保持身體平衡而晃動在外面的手被風割到骨頭裡了。

這是一條兩米寬的泥土路，路兩邊是常見的樹木：白楊啊，構樹啊，柳樹，木子樹，還有一截地方有竹子，沒有經過修剪的枝條伸到路中間來。現在它們已經落完了葉子，枝條也冷颼颼的，一副愛折斷不折斷的模樣。只有一輛鄉村巴士從南邊的一個村子裡開上來，沿路帶上去城裡辦事買東西的人。

但是他們現在不在巴士經過的時間點上，所以就要走過這條路去上面的一個路口等從石牌來的車把他們帶到荊門。荊門是湖北中部正在發展起來的一個城市，許多外地的打工者也湧了進來，他就是其中的一個。

他催了幾次，周玉就不樂意了，連開始往前趕兩步的樣子都沒有了，索性慢吞吞地往前挪，其實她就算心裡積極也不過就是這個樣子，她實在走不動了，她很想喊一句：你就不能來攙我一把啊？她努力動了動嘴，但是她實在喊不出來。

他也實在不耐煩了，快步走了起來，一會兒就走到了上面的路口，在小賣部裡面躲風，等她走到了一起上車。反正車還要等很久，他就不著急了，他就等她慢慢走上來。

周玉上氣不接下氣地走到，車也剛剛來，他的臉色突然好了，督促她：「快，上去！」

她在前面找了一個位置，他到後面去了。天冷，趕集的人不多，沒有空調的客車裡也是冷颼颼的，但是比外面好多了。

## 2

臘月二十三，吳東興從荊門回來了，拎著一個蛇皮袋子一拱一拱地走進了家門。他進門的時候，周玉嚇了一跳，仔細一看是吳東興，心裡一咯噔，彷彿後門的陽光刹那矮下去了一截。她已經很久沒有想起這個人了，但是兒子歡歡喜喜地叫著：「爸爸。」吳東興也歡歡喜喜地答應了一聲，他們就沒有話了，好像完成了一個儀式。

剛剛波動了一下的空氣即刻就沉寂了下來，如同一個魚缸裡突然多了一條魚。小魚沒有地盤之爭，固然就沒有什麼惡意。周玉的父母忙碌著過年的事情，她想幫忙，卻插不上手，而許多事情她又做不了，她就愧疚地清閒著。她的房門朝南，中午的陽光明晃晃地照到了她的房間裡，她就坐在這樣的陽光裡看書。她看書比吃飯仔細，吃飯她是狼吞虎嚥的，而看書她是一個字一個字地摳的。

但是吳東興回家，讓她一下子煩躁了起來，彷彿自己的領域被一個人入侵了。結婚十年了，她怎麼努力也沒有排除這樣的感覺。後來她覺得自己是做不到了，索性放棄了這樣的努力。她用了十年時間終於弄清楚和她結婚的這個人將是她永遠的陌生人。這個發現讓她感到淒涼，但是更多的是放鬆，當然她說不清楚為什麼會放鬆。

他們沒有說話，吳東興也沒有看她一眼。她爸爸高興地說：「你回來了就好，我們到前面堰塘裡挖幾節藕起來。」兩個男人一起出了門。她媽媽問她：「吳東興打工回來，沒有給你錢？」周玉說：「你看他什麼時候給過我錢呢？」她媽媽說：「這倒是！你找他要啊。」

周玉就不說話了，她最害怕的就是這樣的時候。她覺得她應該找他要錢，最起碼給孩子的學費。但是她實在無法開口，她不知道怎麼找一個陌生人要錢。

她的心一下子就煩亂了，書上的字也扭曲了起來。

吃過晚飯，周玉從櫃子裡抱了一床被子扔到床上：那是吳東興的。結婚的第二天他們就分被窩了，她實在是彆扭啊：和一個陌生人睡在一個被窩裡，他的氣息侵犯著她。而他，也嫌棄她的顫抖，她的輾轉反側。後來，她知道自己是因為緊張，她不知道為什麼和這個男人在一起她就會緊張。而吳東興從來不知道她是緊張產生的顫抖。

吳東興喝了酒。她嘀咕了一句：「少喝一點。」吳東興白了她一眼。她媽媽在一邊說：「東興也是辛苦了，他喝就讓他喝吧！」吳東興把白眼收了回去，又倒滿了一杯。周玉快速地扒完了碗裡的飯，逃到了房間裡。她越來越緊張，幾乎要跳起來。一想到晚上和這個男人睡在一起，她感到頭髮正一根根豎了起來。

果然，吳東興正在高聲說話，說他一個月工資多少，他怎麼怎麼辛苦。爸爸忍不住問了一句：「你的錢呢？」吳東興說：「老闆沒有結帳吵。」每年他都會這樣說，每年的老闆都不會結帳。周玉想他怎麼不換一個理由呢。而她的父母似乎很滿意他這個理由：沒結帳啊，他能有什麼辦法呢？但是周玉不相信這個理由。

周玉把兒子安頓好了，兒子是一個很乖巧的孩子，安安靜靜的沒有多一點的話。周玉覺得一樁婚姻，像她這樣的，基本就是為了孩子維持著。婚姻造就了三個不幸的人，周玉這樣想著。她對兒子說：「如果我和你爸爸吵架也沒關係啊，和你沒關係，你還是開開心心玩你的。」兒子點點頭：「我知道！」周玉還胳肢了一下兒子：「真知道嗎？」兒子就皺起了眉頭說：「媽媽你好煩。」周玉就喜歡看她兒子皺眉的樣子，還想逗他一下，但是兒子拉了被窩蒙住了自己的臉，周玉感覺兒子是開心的，就放心地拉上了他的房門。

## 3

周玉回到自己的房間裡，吳東興的聲音一波接一波地掃了過來，她心驚肉跳的：她知道他又喝多了，而幾乎他就沒有不喝多的時候。記得結婚不到一個月的時候，他在親戚家也是這樣喝的，那時候周玉還擔心他，勸了一句：「走親戚啊，少喝一點。」

但是吳東興冷冷地看著她，覺得她多管閒事。那意思就是雖然我們結了婚，但是輪不到你管我。周玉被他冷冷的眼神寒到了，但是這個不到黃河心不死的女人還是補了一句：「喝吐了多不好。」周玉記得她是在衛生間裡跟他說這話的，其時他已經喝多了，在衛生間用手指挖了喉嚨，把酒吐出來準備回去再喝。

吳東興沒有再說話，從親戚家奪門而出，跑了。新婚燕爾，周玉擔心吳東興跑了自己回家沒有辦法跟父母交代，就在後面追他。他其實跑得不快，他故意等她追他。周玉心裡急，摔倒了兩次。下過雨的路面都是泥巴，她的褲子上全是泥巴。吳東興在前面氣哼哼地說：「跑啊，怎麼不跑了？」

周玉真的不跑了。她愣愣地站在那裡，雨落在她身上。十九歲的女孩不知道為什麼結婚，她也不知道為什麼追他。周玉的心是從那一刻開始涼的，但是十九歲的女孩不知道自己的心涼了，也不知道誰錯了。她只是感到恐懼，她明白婚姻是多麼不牢靠。

現在，十年後的婚姻裡，她老是想起這件事，想起一個在風雨裡追趕她丈夫的殘疾女人。現在她一點沒有把他追回來的欣慰，有的只是對自己的嫌棄：她為什麼要留住一個這樣的人呢？她說不清楚，如果說僅僅是因為自己太年輕，這個理由讓她自己都無法信服。現在她後悔把這個人追回來，彷彿是為了造成他們之間更大的裂隙。

周玉坐在椅子上。為了不讓身體顫抖得更厲害，她俯下身體，氣喘吁吁。她的顫抖讓她自己都感到厭煩了，但是她咬緊牙齒，不讓眼淚流下來，她覺得沒有比在吳東興面前流淚更可恥的事情了。

周玉在房間裡無所適從，打開了收音機。每天的這個時候，收音機裡有一檔音樂節目叫《黃昏的歌吟》。她喜歡這個節目的名字，也喜歡這個節目的主持人阿卡。阿卡的聲音是一種粗糙的磁性，有一種不完美的任性。當然有時候阿卡在節目裡囉嗦得讓她討厭，但是他挑選的音樂總是她喜歡的。音樂在房間裡輕輕迴旋，她的緊張似乎好了一點，胃部的痙攣也一點點鬆開了。

房門在一段音樂的中間被撞開了，周玉的心突突跳起來，彷彿馬上就要上絞刑架了，但是她不動聲色，裝作若無其事的樣子。她這個時候分明是和自己對抗：她不露怯，但是她又對這樣的驕傲嗤之以鼻。她知道這樣會把一個婚姻往深淵裡推，但是她又想把它推進深淵，彷彿推著一具棺材。

吳東興懵懵懂懂聽見了音樂，粗糲的聲音叫道：「日子過得很滋潤啊！」周玉的心彷彿一根隨時斷裂的弦，但是她還是若無其事的樣子。

吳東興把錄音機關上了：「莫吵了，老子要睡覺。」輕輕悠悠的音樂中斷了，房間裡刹那間迎來了巨大的寂靜，憑空而降的。吳東興脫了外衣，把自己的被子裹在了身上。周玉還聞得到他身上混凝土的味道，說：「洗洗吧。」吳東興說：「洗啥？老子不洗也比你乾淨！」

周玉打來了水，一個人洗了。吳東興不耐煩地拉熄了本來就昏暗的燈，周玉又嚇了一跳。但是門口的月光從窗戶外透了進來，周玉彷彿在深淵裡抓住了一根藤蘿。

吳東興說：「你明天跟我去荊門！」

「幹嗎？」周玉問。周玉是願意他多說話的，這比沉寂著好得多。吳東興說：「老闆還差我五百塊錢，你跟我去要！」周玉問：「你都要不回來，我怎麼去幫你要？」吳東興說：「你囉嗦什麼，我打工辛辛苦苦拿不到工錢，讓你去幫我要一下怎麼了？」周玉說：「我怎麼去要啊？」吳東興說：「你去就是，去了我就有辦法。」

周玉洗好了。其實她就洗了一把臉，洗了一個腳。她從來不在吳東興面前裸露身體洗澡，吳東興因為這個事情還在她父母面前告了幾狀，說周玉沒有把他們當夫妻看。

周玉的母親也說過周玉，但是她就是改變不了。吳東興為這件事鬧過，鬧的結果就是她的母親揪著她的頭髮把她揍了一頓，說她太不懂事了，沒有一個做妻子的樣子。打得周玉哇哇大哭，但是她還是不能在吳東興面前脫下衣服。

周玉把洗腳水拿到門外倒了。回房間的時候，吳東興的鼾聲已經起來了。周玉認真地聽，知道他不是裝的，她就高興起來：躲過了一劫。她輕手輕腳地上了床，用自己的被窩把自己緊緊地裹著，靠在床的這一邊，不敢動，怕驚醒了吳東興，也怕一動就掉到了床底下。

但是她睡不著。吳東興的鼾聲有嗚咽之音，她知道這個從四川來的男人有多少委屈：作為一個上門女婿，而且是一個殘疾女人的上門女婿，他最初只想找一個家安身。願望達到以後，他發現這個女人根本是他無法把控的。她竟然對他沒有感恩之情，她竟然忽視自己的殘疾和他對抗，她竟然不尊重他……

想到這些，周玉的眼淚就噗噗往下落：她實在不明白為什麼要為一個男人承擔這麼多。他和自己有什麼關係呢？一張結婚證就把一個陌生人理直氣壯地甩到了她的床上，這是一件多麼不可思議的事情。

想了半夜，她睡不著。

吳東興醒了，他的手伸進了她的被窩。周玉最擔心的事情還是發生了。她所有的擔心、害怕，在這一刻反而消失殆盡。她一骨碌坐起來，凜冽地說：「你這個骯髒的男人，你敢動我一下，我就去死！」

吳東興一腳把她踹下了床：「你現在就去死吧。」

## 4

天終於亮了。周玉是披著被子坐在床頭等天亮的。

吳東興是個好人，她想，至少他感覺自己沒有虧心事，要不然他不會一腳把周玉踹下床以後很快就打起了呼嚕。他覺得周玉應該承受這些：這個沒有勞動能力的人，他沒有對她拳腳相加已經是恩賜了。多少男人動不動就打老婆，他吳東興就不幹這樣的事情，所以他對自己很滿意。他不滿意的只有周玉：他多久回來，她都是冷冰冰的樣子，好像自己欠她的。

他覺得周玉是看不清楚自己的處境：一個殘疾女人能夠找到他這麼健康的人結婚就是福氣了，能夠吃飽穿暖就是福氣了，她有什麼理由對他不滿呢？剛剛結婚的時候，吳東興幻想他會在這個家裡得到他想要的東西，但是他的幻想破滅得太快了。幻想的破滅加深了他的不幸感：當初多麼草率啊，就為了有一個落腳點，就和這個女人結了婚。

天亮，吳東興就醒了，這是在工地養成的早起習慣。每當看到周玉還在床上，他就想一腳把她踹下去。他看到床那頭蜷縮成一團的周玉：她的眼睛紅通通的，她一夜沒睡著。她看著他的眼神厭惡又恐懼，但是她恐懼又不屈服。用周玉的話說：「我不會屈服於一個骯髒的男人！」

這句話讓吳東興咬牙切齒。他不知道自己什麼地方骯髒了。他覺得周玉是一個斤斤計較的女人，當時媒人介紹的時候，他怕自己的年紀太大了，就隱瞞了自己的年紀。結婚半年以後，他妹妹寫信來露了馬腳，吳東興就索性承認了，並且還不以為然地說出自己剛剛從牢裡出來，坐牢的原因是他一時糊塗強姦了一個女孩。難道這就是周玉說的骯髒？

每個人都是有缺陷的。有的缺陷是可以改的，他吳東興現在就改了。但有些是改變不了的，比如周玉的身體，她永遠也做不了一個正常人啊。她有什麼理由對他不滿意呢？她這是吹毛求疵。吳東興每每想到這裡就覺得格外委屈：一個人的錯誤總應該有人原諒，但是周玉從來沒有寬容過他。

周玉實在不想跟他去荊門，她覺得吳東興的工錢她怎麼去要呢。但是吳東興對她的父母說周玉去了有用，再怎麼說工錢是應該幫忙要回來的啊。周玉只好跟著吳東興來到了荊門。下了大巴，吳東興叫了一個「麻木」，從文化宮蹦到了康復醫院。

雪下了下來，細細的堅硬的，狠狠地釘了下來。康復醫院後面的一棟樓剛剛竣工，腳手架還沒有拆下來，密密麻麻的鋼筋搭在一起，彷彿圍住了一個監獄。樓下面圍了一群人，男的女的都有，他們冷颼颼地縮著肩。他們來得早，一些人的嘴都凍烏了，幾個女人的紅棉襖標誌出他們是活生生的人。

吳東興過去和他們打招呼，周玉跟在後面。她也想和這些人打招呼，但是她不知道說什麼。男人們給吳東興發菸，問：「吳哥有什麼辦法嗎？」吳東興看著周玉，說：「周玉，等會老闆的車從這個門出來，你就攔上去。你是殘疾人，他不敢軋你！」周玉問：「如果軋上來，怎麼辦？」吳東興不耐煩地說：「你不這樣，怎麼要得到錢？」

周玉的心一下子就炸了：「五百塊錢，你讓我去撞車？不，我不幹！」周玉跌跌撞撞地出了人群。

## *5*

吳東興想把她拉回來，但是工友們拉住了他：「算了，你老婆這麼可憐，萬一撞了怎麼辦？」吳東興說：「反正是一個廢人，不死就行！」

周玉一步一滑地往前走，她努力不讓自己滑倒，她的心彷彿裝進了一盆火，雪打在身上也不冷了。她想哭，想號啕大哭，想撲在地上哭，想哭得暈死過去再不醒來。但是，她怎麼使勁也哭不出來。她努力讓自己的嘴巴發出聲音，用了很久，發出來的是一陣笑聲。她笑出來就忍不住了，不停地笑。路人看著她，說：「大冷天的，真可憐。」他們把她當成神經病了。周玉想：我為什麼就不是神經病啊，我是個神經病就好了。

周玉不知道往哪裡走。她不想回家，她從來沒有感覺那就是自己的家，她沒有家。她在荊門城漫無目的地走著，棉鞋進了水，她也感覺不到冷。她在路邊大口大口地喘氣，心裡的石頭壓得她喘不過來氣。

「我為什麼是殘疾？」她大喊了一聲。雪下大了，街道上的人少了，沒有人聽見她在喊。「為什麼是殘疾？為什麼？」她聲嘶力竭地喊著，眼淚終於流了出來。她一聲接一聲地喊：「我為什麼是殘疾？我為什麼要結婚？我結婚是為什麼為什麼啊？」

雪打進她的嘴裡，打進她的喉嚨。她看著稀稀落落的人，不知道還有誰懷著和她相似的悲苦。她往她的後半生看去，沒有一點希望，死吧！這個聲音一剎那湧進她心裡，嚇了她一跳。就這樣去死嗎？她一下子陷進了思考，雪落在她蒼白的臉上。

這時候一輛車在她面前停下了，一個男人開了門，問：「去鍾祥嗎？」她呆呆地回答：「去！」於是她上了車。

## 6

在車上坐了一會兒，她感覺到熱乎了。剛才多冷啊，但是她也沒有感覺到。去鍾祥幹嗎呢？她想。她糊裡糊塗地上了車，但是她去鍾祥幹嗎呢？她弟弟在鍾祥，但是她不想去。這時候去了，弟弟該有多少疑問。而且她也不想讓弟弟知道她的一些事情，沒有必要讓親人跟著她一起受苦。而且她從來不會在別人面前說這些，她知道他們是無法理解的。

阿卡，阿卡！這個名字突然就跳到了她的腦海裡。她還從來沒有見過他呢。但是她給他寫過信，打過電話。周玉聽他們電台的節目兩年了，但是她從來沒有認識阿卡的願望。有一次她打電話到電台找一個女孩子，但是女孩子不在，是阿卡接的電話。阿卡不知道周玉是殘疾人，說她的聲音很特別。周玉想：如果你知道一個殘疾人發出這樣的聲音，看你還說特別不？那一次，也是第一次他們通電話，聊了很長時間，聊得很投機。周玉問他的手機號碼，他很痛快地給她了。

有了這個電話，他們的交流多了起來。當然也沒有經常打電話，偶爾，周玉幾乎是調皮的，試探一個主持人會不會接電話，阿卡都接了。周玉知道自己有多脆弱，她比任何人都明白自己的脆弱。她也知道自己的生活有多寒冷，這樣寒冷的生活讓她成了一個危險的人。當阿卡的聲音從電話裡傳到她耳朵裡的時候，如同有熏風吹到了她的身上，一根細細的電話線彷彿把她的日子撕開了一個縫隙。

那一次，吳東興回來了，帶來了他的一個朋友，晚上喝酒。周玉沒有進堂屋，在廚房裡扒了幾口飯。她知道他們一喝就會喝醉，喝醉了就會有滔滔不絕的話。周玉是一個寡言的人，她不知道在他們面前應該說什麼，吃了飯就去了自己的房間。因為有朋友在，周玉覺得吳東興不會發酒瘋，她就不緊張。她回到房間裡看書。

過了一會，吳東興喊：「周玉，周玉！」周玉聽見了，不想理他。吳東興來到房間，說：「去給我朋友敬一杯酒。」周玉說：「我不去，我這手也敬不了酒！」吳東興一巴掌打在她臉上：「媽的，有什麼用，一杯酒也敬不了，我真是瞎了眼睛找到你！」

周玉跳了起來：「你現在可以離婚，馬上滾，滾出我的家！」她拿起一把水果刀朝吳東興刺過去：「我警告你吳東興，你想打我，沒門！我不是別的女人會逆來順受！你再打我一次，我一定殺了你！」

周玉窮凶極惡地，拚命往吳東興身上砍。她想著這生不如死的日子，怎麼能容忍一個男人打她？周玉拚命的樣子嚇著了吳東興，他跑了出去。

周玉放聲大哭，好像自己已經是一個殺人犯。她的恐懼和害怕一下子又回到了自己身上。她的父母已經對他們兩個人的關係失望了，知道他們的女兒是不聽勸的。她媽媽無比悵然地說：「打吧，打死一個就安靜了。」周玉大叫：「你是想我死，不是他！」她媽媽叫了起來：「我是想你死，他還能掙錢給孩子讀書，你呢？」

周玉心碎了，但是她找不到那把水果刀了，她媽把它拿走了，這一刀，她想捅自己的心臟。

吳東興黑著臉回來了，他和她父母吵架，因為父母這一次沒有罵周玉。周玉走出了家門，在一塊油菜地裡哭。她沒想到媽媽會那樣說話，她哭得沒有力氣了，摸到了手機：弟弟新給的一個舊手機。她想打一個電話，她知道這個電話不會帶給她什麼，但是她想在這個時候聽聽一個人的聲音，誰的聲音都好。

想了很久，她撥了記憶中阿卡的電話。阿卡沒有存她的號碼，問她是誰。她有些失望，但還是說了她是周玉。本來就想聽聽他的聲音，但阿卡發現她情緒不對，柔柔地問了一句：「你怎麼了？」

周玉怎麼禁得起這樣溫柔的問候？她又一下子哭了起來，哭泣裡斷斷續續講了發生的事情。阿卡義憤填膺地說：「還等什麼？離婚！堅決離婚！」周玉一下子止住了哭泣，她被如此鏗鏘有力的聲音驚呆了，好像阿卡覺得她離婚以後一定會有一個好的去處一樣。周玉雖然覺得離婚暫時是一件不可能的事情，但是阿卡堅定的語氣給了她鼓勵。

## 7

客車已經到了漢江大橋上，橋對面就是鍾祥城了。周玉來過這個城市，但是她沒有關心過廣播大樓在哪裡。有人告訴她一過橋就到了。她突然緊張起來。她都不知道為什麼來找阿卡，他會見她嗎？但是她也沒有別的地方去啊，過了橋頭她就下了車。十一層的廣播大樓比周圍的建築高一點，周玉一層一層數上去，阿卡在哪一層呢？

雪現在沒有先前那麼又尖又硬了，它現在是大片大片的，真正成了鵝毛一般。周玉在廣播大樓門前不停地徘徊，她搖搖晃晃的如一片大一點的雪花，她感覺不到自己的重量。她又一次給阿卡電話：「阿卡，我來了。我想見你，可以嗎？」

阿卡下樓接她。這個風塵僕僕的女人就這樣站到了他的面前。她顫顫巍巍地跟著他進了廣播大樓的大門，跟著他進了電梯。她緊張得心快要跳出來了，她不敢抬頭看他。周玉有一點暈，阿卡說：「第一次坐電梯會這樣的。」周玉好想抓住他的手，但是她不敢，她擔心他一下子甩掉她的手。

他們在阿卡的辦公室坐下了。辦公室雖然隔起來了，但是是用玻璃隔著的，阿卡把其他的人趕出了辦公室，但是他們的一舉一動他們還是看得清清楚楚。阿卡說：「我知道你對我的感情，我會珍惜的。」周玉的臉上有了一層紅暈，幸福就這樣出其不意地到來了。他們一直聊到天黑，阿卡在這中間幾次說：「這裡的環境不好，我們換一個地方吧。」周玉不知道阿卡話裡的意思。她說：「挺好的呀，我們說話他們又聽不見。」阿卡尷尬地笑笑，天黑的時候，阿卡接到一個電話就走了，沒有給周玉任何安排。

周玉再一次回到街上，漫無目的地走。但是現在她的心裡沒有酸楚了，她心裡是滿滿的幸福。阿卡彷彿是一個禮物，在這漫天飛雪裡降到她面前。她突然覺得生命是如此美好，夜裡的事物都在明媚地閃光。

「我會珍惜你的，我會珍惜你的！」阿卡的聲音一遍遍在她的耳邊響起，真是世界上最好聽的聲音！她一邊跑就一邊笑了起來。

*8*

周玉在鍾祥的街上走到了半夜，雪最後把街道都鋪白了。她感覺不到冷。她的冷在荊門，現在在鍾祥，阿卡的一句話就驅除了她的冷。但是到了後半夜，冷還是慢慢滲進了她的身體，她心裡的熱已經無法抵禦外面的寒冷了。她找到一個小旅館，老闆娘看她可憐兮兮的，也沒多收她的錢就讓她住下了。

周玉這時候覺得餓了。但是她突然覺得倦怠，這個時候也沒有地方去找吃的了。周玉躺在床上，一張硬木床，房間裡沒有空調，被窩裡是冷的。她想好好睡一覺，但是她怎麼也睡不著，身體越來越冷。她起來把衣服重新穿上了，裹著被子坐在床上。燈光昏黃，如同夢境。阿卡，阿卡啊！周玉默默念著這個名字。她的喜悅已經消失了一半，這個感性的女人如果一直沒有道理地感性下去，生活在自欺欺人裡未必不是一種幸福。但是她知道自己的處境，一種隱藏的憂慮這個時候慢慢蹦了出來，如一根毛線，最後牽出了一個偌大的毛線團。

阿卡，阿卡啊！她輕輕呼喚著這個名字。她多希望這個時候他還在身邊，但是她知道這是不可能的事情。她知道她永遠也無法開口讓阿卡一個人陪她。她是多麼自卑啊，她覺得阿卡對她說的話已經超出了她想要的範圍。他給她的已經足夠多了，如果她再多要一點，她就覺得自己太貪心了。

阿卡，阿卡啊！她曾經多麼努力在以往和他的交往裡不對他產生愛，不對他動感情，她幾乎是苛求自己這樣做了。她知道自己是一個容易動感情的人，她對容易動感情的自己有一份警惕。她願意有這樣的一個朋友，不願意愛上他。她知道自己不配，不配去愛，也不配得到愛，但是這一刻，她知道自己愛上他了。

愛！她又輕輕地念出了這樣一個字，這個字嚇了她一跳。彷彿遠在天邊的事情此刻似乎被她握住了一個指頭。她仔細地看了又看，懷疑它的真實性：它怎麼可能降臨在我這樣一個被命運拋棄的殘疾人身上呢？

周玉的眼淚湧了出來。她一下子想到阿卡的出現是命運的安排：在她絕望到想死的時候，他延緩了她死亡的時間。可是阿卡，我怎麼辨呢？她自己問自己。

第二天，周玉沒回家，她對自己的家已經沒有了絲毫的眷念。但是同時她又那麼清楚：她是不可能不回去的。她得承受侮辱去吃飯，去保證自己身體的存在。儘管她對自己的身體滿是失望，她恨它，恨這個限制了她靈魂的軀體。她常常感覺它不是她的，她討厭它。她一直在努力和它和諧共存，但是這是多麼困難的一件事情。

阿卡跟老闆說周玉要在這裡住幾天。老闆是個厚道的人，早上給了她治療感冒的藥，對她說：「人都有落難的時候，一定要堅強！」

周玉聽到老闆說「堅強」時就笑了起來，她始終覺得這個詞是書面用語。

## 9

周玉在旅館裡待了半天。老闆拿藥給她吃，她才相信自己是真的發燒了。她買了一包速食麵泡著吃，出了一身汗。老闆又給她加了一床被子，她就迷迷糊糊睡了。迷迷糊糊中她看見吳東興黑著一張臉，到處找她。她大氣不敢出。她在這樣的緊張裡醒了一次，接著又睡了。這一次她看見她兒子，小小的委屈的臉，她心裡一疼，又醒了。

想起兒子，她就疼，全身都疼，最後集中到胃疼。發燒還能讓她迷迷糊糊地睡，但是胃疼把她的睡眠吵醒了。兩種疾病交織在一起，周玉感覺到什麼東西正從身體裡脫離出去。她想抓住它，但是怎麼也抓不住。她很著急，叫了一聲就醒了過來。

下午，她發燒好些了，到街上吃了一碗麵，眼前的事物慢慢清楚了起來：沒有雪了，淡淡的陽光照下來，街上的人好像都是夢境裡的，他們的面孔都是模糊的。周玉覺得自己也是在夢境裡，她總是感覺不到自己的真實，此刻這樣的感覺更加強烈。人生就是一場夢境，可是她居然有這樣的疼痛。

她在街上蹓躂。她不知道自己有多狼狽，許多人好奇地看著她，如同看著一個不明來歷的生物。她的羞恥之心如同這陽光一樣越來越明豔了。經過一夜和半天的病痛，如同重新睜開眼看這個世界：繁華的街頭，匆匆的行人，他們應該都是有歸屬的，唯獨她，沒有。沒有就沒有吧，她輕輕地歎氣，感覺到命運在她身上留下了深刻的痕跡。

一個摩的在她身邊停下，問她去哪裡。她說哪裡也不去。她真不知道去哪裡啊，她現在不想回家。還有幾天就過年了，她很想兒子。有時候她覺得兒子是一個牽絆，如果沒有兒子，這婚姻也許早結束了。但是她從來沒有為此而怨恨過兒子，她覺得對不起兒子，她甚至沒有辦法給兒子一個幸福的假象。想到這裡，她的眼淚撲簌簌往地上掉。

不知是怎麼走到這裡的，她又到了廣播大樓的樓下。她不知道怎麼就到了這裡，她從來不記得路，何況在不是那麼熟悉的城市裡。她癡癡地望著廣播大樓，那些藍色的玻璃冷幽幽的光。她想著阿卡這個時候也許在這個樓裡呢，但是她再不敢去找他，也沒有了給他打一個電話的勇氣。她的手機早沒有電了，她不知道她的父母是不是找過她，她不知道父母是不是為她著急。

可是他們從來沒有為她想過。他們說為了她的兒子，為了一個家的完整，再苦的果子也得吞下去。可是實在太苦了，他們不知道有多苦啊。周玉在樓下一直站到天黑。一陣風穿過了她的棉襖，接著更大的風吹了過來，街上的垃圾打著轉。她昨天弄濕的棉鞋現在還是濕的，實在太冷了，她不停地跺著腳。

一個人從廣播大樓出來。周玉激動了起來，看上去像是阿卡。他筆挺的身材，昂首走路的樣子已經印在了她的腦子裡。她激動得雙腿打顫，隨時就要摔倒，她躲到了一棵大樹的後面。其實她多麼希望他看見她，可是她又害怕自己看見他。她恍恍然。她沒有辦法控制自己的情緒，一下子蹲到了地上。

那個人走近了，真的是阿卡，真的是他呀。周玉感到頭暈目眩，她好像站在一個深淵的邊上，而她想掉又掉不下去。但是阿卡沒有一點點的遲疑，他就那樣走過去了。他完全不知道周玉躲在一棵樹下就這樣看著他，他完全感覺不到她的一絲氣息。周玉盯著他越來越遠的背影，眼淚落在了濕漉漉的棉鞋上。

周玉在那棵樹下站了很久，她希望阿卡能夠返回來。她懷著一個渺茫的希望，她多希望阿卡能夠返回來，如果他回來，她一定走到他面前。無論她多麼卑微多麼醜陋，無論她和他有多大的差距，她一定要站到他面前去。她不想對他說什麼，她就想看看他。昨天在辦公室，她覺得她沒有好好地看過他，她好想認認真真地看看他。

夜落了下來，從模糊到清楚地落了下來。風把亮起來的燈光刮起來，如同一縷縷撕散的線團。周玉癡癡地對著阿卡走過去的方向，但是他再沒有來。周玉的心又裂了一次，她捂著一顆裂開的心一步一步往那個小旅館的方向蹭。

## 10

第二天，周玉在小旅館的床上起不來。旅館的老闆擔心她死在他家裡，只好又給她買了一些藥和一些吃的。她清醒一點的時候想到快過年了，想到兒子就淚如雨下。她得回去，無論如何，她得回去。她不能就這樣死了，不能！雖然她不知道為什麼還要活著，但是她知道她不能就這樣死了。

老闆幫她找了一個摩的，把她送到了長途汽車站。老闆說：「無論什麼事情，活著總是好的，人如果不在了就什麼都沒有了。」周玉謝謝老闆對她的照顧，因為老闆，她對自己也多了一份信心：這人間還是有溫暖的存在。這溫暖雖然是共有的，但是也包含了她的存在。她感覺到微弱的希望如火苗一樣在她的心裡晃動著。

汽車從廣播大樓門前經過，樓層藍色的玻璃如憂傷一樣樹立在那裡。她想在心裡和阿卡說幾句話，但是不知道說什麼。說再見不好，說下次見也不好。阿卡，新年快樂！她終於找到了這樣一句話。

回到家，她媽媽責備了她一句：「這幾天你去哪了？」她說不出來自己去了哪裡。兒子過來看著她笑：「媽媽，你終於回來了。」兒子很少這樣表達自己的感情，周玉高興地逗他：「你想媽媽了？」兒子撇嘴。周玉只想在床上躺著，她已經筋疲力盡。兒子跑到外面去喊：「奶奶，奶奶，我媽病了。」

「活該！這麼冷的天，幾天不回來，不知道在外面幹啥呢！」周玉聽見了也不吭聲，她只想窩在被窩裡，只要身體暖和一點，其他的都不重要了。但是又聽見媽媽說：「我去找醫生，給這死丫頭看看，磨死人了！」這句話周玉也聽見了，她幾乎在被窩裡笑了起來。媽媽平時對她苛刻，關鍵時刻還是心疼她的。

吳東興在院子裡叨叨：「就會裝，就會裝！錢沒給老子要回來，還幾天不落屋，不知道在外面幹什麼勾當呢！」周玉也笑了，心想：我還真幹什麼勾當了。兒子過來摸她的頭：「媽媽燒得厲害，媽媽你不要緊吧？」周玉甜蜜地對兒子說：「媽媽沒事，你晚上和媽媽睡吧。」兒子說：「好！」

## *11*

春節一晃就過去了。春節期間，周玉給阿卡打了一個電話，祝他春節快樂。阿卡淡淡地回了一句：「謝謝你，你也春節快樂。」然後是一陣沉默，沉默過後，就掛了電話。周玉的心就有一些冷，但是她安慰自己：這大過年的，沒準人家正在什麼場合，不方便接電話呢。但是聽阿卡那邊那麼安靜，應該不是在什麼場合。難道和他的愛人在一起？她的心裡七上八下的，越想越亂。於是又想到阿卡說的話：「我會珍惜你的，我會給你希望的！」他給的會是什麼希望呢。

畢竟是自己的親生父母，周玉病了，他們也心疼。吳東興再嘀咕什麼，他們也壓一壓他，畢竟是上門女婿，吳東興也不敢興風作浪。但是家裡來了客人，他一定會喝醉的。周玉的堂哥結婚，一家人都去了，晚上家裡有事情，他們都回來。但是吳東興還在喝酒，他們就沒有等他。堂哥的家離他們的家不過半里路，周玉爸爸說一個大男人還擔心他不會回家嗎？

但是吳東興是哭著回家的。他嗚嗚咽咽地哭著說父母沒有把他當兒子看，這麼黑的天都不去接他。周玉的心一下子炸了：這個哭泣著的男人，他什麼時候在天黑的時候去接過自己一次？想起一些下雨的晚上，她戰戰兢兢地走過那條泥巴路，他什麼時候憐憫過她一次？如果她摔倒了，他就說她沒用！

他居然喝酒回來晚了就這般哭泣著埋怨父母沒有去接他？他是怎樣的心態呀？周玉看著嗚嗚咽咽的男人，真想一腳把他踢出去。一想到和這樣的男人要過一輩子，她就悲從中來。

吳東興一邊哭一邊抱怨：「你們就沒把我當兒子看，你們只把我當你們家的奴隸使了，我來你們家是當奴隸的嗎？」他這句話反反覆覆嘮叨著，終於把周玉的爸爸嘮叨煩了：「沒有人拿你當奴隸，如果你覺得自己是奴隸，你現在就走，我們絕不會攔你！」

吳東興吼了起來：「你們想趕我走，沒門！我要走，也是要代價的！還有周玉，錢不給我要，出去這些天，你們管教出來的好姑娘！」她媽媽也火了：「我們管教出來的姑娘怎麼了？她也是你老婆，你自己管不了自己的老婆，倒說我們不是！」周玉在心裡喝采：老媽終於為自己說了一回話！

吳東興吼了起來：「好，我自己的老婆，我現在就管教她！」他拎起一把椅子朝周玉衝了過來。周玉爸爸一腳踹翻了他：「你試試看？周玉哪裡錯了？你想打她，你試試看！」

被踹翻在地的吳東興一動不動了。兒子很擔心，上去拉了他一把。吳東興吼了一聲：「你滾開，你是姓周的兒子又不是我姓吳的！」周玉把兒子拉了過來：「你爸爸喝多了，等他醒酒就好了。」

周玉和兒子一起洗了上床睡。兒子說：「爸爸會凍死呢。」周玉說：「放心，他一會兒醒了酒就起來了。」兒子提心吊膽地瞇了一會兒，就睡著了。這個可憐的在爭吵聲裡長大的孩子，周玉不知道他心裡有多委屈。周玉也覺得自己特別委屈，但是她又找不到委屈的理由：一個四肢健全的男人就這樣用他的四肢健全把一個女人壓得無法透氣。周玉突然想起小時候一個巫師說她前世殺過人，她現在感覺真有這個可能。她現在攥緊拳頭就想朝院子裡那個哭泣的男人砸去！但是她一動不動，她讓那難聽的嗚咽折磨自己。

如果不是命運的安排。周玉想：這個男人心裡有多苦呢？他一定是想到自己的苦了才這樣哭泣，他十六歲的時候就在外面打工，流浪，和許多山區的孩子一樣。他在外面沒有人關心，他那麼多兄弟姊妹，父母的關心總是遲遲輪不到他。他多麼希望父母關心，但是他們很少。所以回家了，他總是和他的父母吵架，他脆弱又懦弱，他希望別人能夠給他幫助，但是他從來不知道怎麼樣去對別人好。

後來，他喜歡了一個女孩子。那時候他已經二十七歲了，在外面流浪了十年，比他大一歲的哥哥都成家了，他還是孤身一人。他在工地上遇到了一個同樣孤苦伶仃的女孩子。她不漂亮，有的只是山裡人的老實和淳樸。吳東興覺得應該和一個人結婚了，應該有自己的後代叫自己爸爸了。他對姑娘發起了追求，姑娘也半推半就地答應了。

後來，姑娘看上了他的一個同鄉，對吳東興就冷漠了。吳東興一天夜裡把他的同鄉灌醉了，然後就把姑娘睡了。沒想到同鄉在公安局有人，把吳東興告了。吳東興為此蹲了三年監獄。三年的監獄，他的父母一次也沒有去看過他。他的心就冷了：人世間沒有心疼他的人。他的父母都不心疼他，還有誰？

可是我怎麼可能心疼你。周玉悲傷地想：你隱瞞了你的年紀，隱瞞了你的經歷，更要命的是你結婚只是為了有一個落腳的地方。你看中了殘疾的我，你覺得我的殘疾能夠抵消你身上的詬病。你這麼不尊重我，不尊重婚姻，你讓我怎麼心疼你？你健全的身體贏得了所有人的同情，他們覺得你和我結婚你吃虧了，你更加覺得自己吃虧了。

周玉哀傷地想著這些。她實在想不清楚吳東興到底想要什麼。他想要周玉的尊重，但是他一開始就放棄了對婚姻的尊重。他沒有想到的是作為一個殘疾人的周玉，居然沒有把他放在眼裡。他希望找到一個逆來順受的女人，但是命運又一次和他開了一個玩笑。他覺得自己太不幸了，娶殘疾女人本身就夠不幸的了，但是周玉的倔強，她的輕蔑，又加深了他的不幸。

周玉這個時候對自己的殘疾恨得牙齒癢癢：身體的殘疾不是我的錯，我為什麼要無端承受這一開始就有計謀而沒有一點情誼的婚姻？她感覺到真正的痛苦不是殘疾帶來的生活的不方便，而是引起的這麼多問題。他們兩個人都被困在中間，如兩條缺水的魚，越掙扎，在沼澤裡就越陷得深。

這時候他爸爸進了她的房間，說：「你去把吳東興勸起來。」周玉說：「我不！我沒有下賤到這個份上。」說出這句話的時候，她和她的父親都吃了一驚：「下賤」這個詞語已經被用到了婚姻裡，他們應該怎麼救贖自己？爸爸說：「他這樣躺著怎麼辦？」周玉說：「讓他去死！」周玉咬牙切齒地喊出了這句話。吳東興的嗚咽一下子停止了。

吳東興顯然也被這句話驚到了，他這個時候感覺到周玉對他刻入骨頭的厭惡。他現在就是死了，也不過是死了，沒有人心疼他，沒有人會為他的死感到難過。他對自己的憐憫一下子蕩然無存：不，我不能讓這個殘疾的女人看笑話！他爬了起來，跑到房間裡，伸出食指和中指，差一點就戳到她的鼻子上：「你想我死？我告訴你，沒門！你看看自己是什麼東西，手不能拿，肩不能扛，還靠老子養活你！」

周玉說：「你什麼時候養活我了？你連兒子都養不活！」吳東興尖利的聲音在整個屋子裡撞。周玉實在討厭這聲音，但是她無法阻止它的流竄。兒子被吵醒了，他煩躁地翻了個身，皺眉對吳東興說：「爸爸，別吵了，我要睡覺。」但是吳東興不聽，繼續吵，過了很久，周玉爸爸大吼一聲：「再吵你就給我滾！」

吳東興的聲音小了下來，嘀咕了幾句，到堂屋裡拿了一瓶酒，咕咕地喝下去，到兒子的房間睡了。

周玉媽媽走進來說：「你別惹他，好好過個年。」

周玉說：「我早晚得和他離了。」

她媽媽說：「你敢！」

## 12

正月十五過完，吳東興收拾行囊要出去打工，周玉感到心頭一輕。有時候她挺感謝命運的安排，讓吳東興常年在外面打工，就過年回來這幾天。她真的不敢想像如果他整天在家，這日子應該怎麼過。吳東興對她爸爸說：「老頭，給路費啊。」周玉鄙夷地看著他，他回來不給家裡錢，走的時候還要路費！

周玉爸爸默默地從荷包裡掏出錢給了他。周玉的心碎了，她大叫了起來：「爸爸，你在做什麼？」周玉爸爸沒有理她，把錢給了吳東興。吳東興挑釁又得意地瞅了她一眼，對她爸爸說：「爸，我走了，你在家保重身體啊！」周玉爸爸微笑著。

吳東興走了，他的心頭也是輕鬆的。他看著冷冰冰的周玉，她的傲慢、無知，對他的厭棄讓他一次次感覺到和這個女人結婚是錯誤的。他是用早年的一個錯誤懲罰自己一輩子。當周玉一次次咆哮著說要離婚的時候，他不是沒有想過這個問題，但是一想到周玉恨不能一腳把他踢出門的嘴臉，他覺得不能便宜了周玉。

周玉從來不給他打電話。偶爾他給她打，她也不接，最後把他拉進了黑名單。

真是個怪物！他狠狠地想。

到了荊門，吳東興想起金蝦路一個叫萍兒的洗頭妹子。吳東興曾經對周玉繪聲繪色地說起過，說他怎麼掐她的腿，怎麼捏她的乳房。那時候周玉在看很厚的一本書，她似乎沒有聽吳東興說話。吳東興把她的書奪了下來，說：「你聽見沒有，我和一個洗頭妹幹過了！」周玉揉了揉眼睛：「哦。」

吳東興把行李放到出租房就去找萍兒了。萍兒笑著說：「這個春節養胖了啊！」萍兒不是一個俏女人，皮膚黑黑的，但是吳東興看了心情就好。萍兒說話口齒清晰，吳東興就覺得心裡亮堂堂的，周玉說話口齒不清，特別是吵架的時候。吳東興一想到周玉的樣子就覺得噁心，這死女人，不知道什麼時候能死呢？

吳東興興高采烈地和萍兒打招呼。春節剛過，洗頭店裡還沒有什麼人，吳東興的手就不安分起來。萍兒打開了他的手：「大過節的，你老婆沒餵飽你啊？」吳東興臉色就不好看了：「提她做什麼，晦氣。」

他們一邊嬉鬧著一邊就擠到了店子後面的小屋裡。

吳東興一邊在萍兒身上動作，一邊狠狠地說：「你說憑什麼啊？我是她男人，我回家了，她還不讓我碰。媽的，一個殘疾女人，牛什麼牛！」

萍兒安慰他：「算了，何必和一個殘疾女人計較呢？」

## 13

《黃昏的歌吟》。

節奏緩慢的音樂在屋子裡流蕩，也從打開的房門飄到院子裡去。從她的房門望出去，門口的楊樹已經有了枝頭大小的新葉，春天又一次進入到村子裡。她的父母在院子裡盤算著要下的棉籽，要買什麼樣的穀種。周玉就喜歡聽他們說這些事情，她的希望就是依靠他們撐起來的。但是到了農忙的時候，她就焦慮不安，她對自己不能幫他們幹農活耿耿於懷。這麼多年，她都是從這樣的焦慮裡過來的。

阿卡的聲音在歌曲的間歇裡傳了出來。她幾乎是貪婪地捕捉他聲音裡的每一個細節，想找出一絲絲戰慄或者別的什麼，她希望能夠找到她帶給阿卡的哪怕一絲一毫的影響。但是無論怎麼努力，她都沒有找出蛛絲馬跡。周玉有隱隱的失望。她想通過電台短信平台給阿卡點一首歌。她把短信編好了，但是不敢發出去。

和阿卡見面回來，不過剛剛過了一個春節，但她卻感覺像過了幾個世紀。對阿卡的思念焚燒著她的心。她的煩躁和不安並沒有隨著阿卡的節目結束好一點。她關了收音機，黃昏增加了一層薄薄的藍，她也被這樣的藍包裹在其中。她想：如果沒有認識阿卡，如果沒有對阿卡的希望和思念，這是多麼美好的黃昏啊。

她明明白白地感覺到自己被自己吐出的絲上上下下地纏在了中間。而其實沒有任何人要她吐絲，沒有任何人需要她自作多情，但是她強不過自己的心。這樣說，她還是覺得自欺欺人：她不過就是一個懦弱的女人，她不過就是被自己愛的幻影綁架了。是的，她一開始就知道這是一個幻影，她從來沒有對它抱一絲希望，單就是毫無希望地愛著才讓她拋開了其他，而心無旁騖。

晚飯的時候。她媽媽嘀咕了一句：「你怎麼回事啊，過年的伙食這麼好，你還長瘦了。」

晚上起風了，嗚嗚地從屋脊上颳過去，真有鬼哭狼嚎之聲。那些樹上剛剛長出來的芽苞不知道能不能禁受得了這一場倒春寒呢？周玉好像聽見了枝條碰撞枝條的聲音，幾片長得不結實的新葉無聲無息地掉到了地上。

周玉在床上翻來覆去睡不著。她把電燈拉燃，找了本書，看不下去。她拿出一個日記本，上面寫了一些亂七八糟的文字，有時候一張紙上一個段落也沒有，有時候是一句一句分行的文字。周玉沒有事情的時候就這樣塗塗畫畫，以此消磨大片時光。她寫下一個字，塗了，再寫，又塗了；阿卡的聲音和身影在她的腦海裡晃來晃去，她寫：阿卡，阿卡，阿卡……她把這兩個字寫滿了一頁紙。寫完了，胸口的氣彷彿順了一些，但是心頭依舊有如鐵錐一樣錐著她。

她又寫下了兩個字：**活著**。

這兩個字看起來很好看，有一點活色生香的味道。她覺得這兩個字真是美好呢：這兩個字是把一個人放在人世裡，證明一個人還被人間疼愛著，證明人間沒有拋棄這個人。但是沒有拋棄卻不一定受到歡迎，周玉覺得她從來就是一個不受歡迎的人，她不知道怎樣討好一下這個高傲的人間，雖然現在她已經沒有了討好它的心了。

周玉長長地歎息，聽見更大的風聲從屋脊上劃過，聽見一些細枝被折斷的聲音。

周玉斷斷續續在〈活著〉下面寫出了一些字：

不堪。累贅。孤獨。絕望……我再無法有個清白的人生啦
哦，背叛，背叛。從開始到現在
沒有人說：因為我，你要好好的
貞潔是多麼可笑，多麼諷刺，卻還是讓我一次次哭
但是一定有一根稻草一次次打撈起我

一次次從我身體裡掏出光亮，放在我眼前
讓我安靜的時候寫詩
窮苦的時候流浪
讓我對路過的人和燈持永恆之愛
讓我總是在該掏出匕首的時候掏出花朵
讓我在能夠申辯的時候保持沉默
即便如此，這世界還是沒有給我一個春天
即便如此，我今天還在，打算喝一點酒後
去風裡轉轉

寫出來這些以後，周玉覺得心裡亮堂了一些，但是這亮堂轉瞬即逝，更深的黑暗湧了進來。周玉陷進了自怨自艾裡。她一直在自怨自艾，吳東興在家的時候，她的自怨自艾是一種恐懼，是一種對身分模糊的折磨，是一種對兩個陌生人建立起來的關係的困惑。吳東興走了。雖然這樣的困惑還在，但是困惑成了困惑本身，它不會跳出來對她構成傷害。

活著，活著？人為什麼活著呢？她的媽媽給她找了一個直觀的理由：為了孩子而活著，為了孩子而遷就一切！周玉覺得這樣的犧牲違背了生命的意義。如果說生命的意義僅僅在於傳宗接代，那麼這一代代沒有理想的人存在這個世界上的意義又是什麼？她媽說，兒子將來有出息就是她生命的整個意義，但是她覺得這樣不能夠構成生命本來的意義。她覺得每一個生命都應該是有意義的，每一個生命都不應該被浪費，特別是被一樁該死的婚姻浪費。

這樣的想法如燈柱一樣照著她的心房，幾乎是拉著日子往前走的一條繩索。我一定要讓我的生命具有意義，我兒子會在我生命的意義上獲得更大的意義。周玉對這樣的想法堅定不移。周圍的一代代人就活在她媽媽對這樣的意義注解裡，他們從來沒有完成對自己的生命意義的構建。周玉覺得很悲涼。但是他們根深柢固的想法也支撐了他們在這個大地上活下去的勇氣。

但是周玉卻沒有辦法找到讓自己的生命意義得到印證的一條途徑。她如一隻困獸，在空無一人的狂野裡嘶吼，吶喊，結果卻在泥沼裡越陷越深。周玉的自我覺醒和她本身的處境讓她陷進了比原來更大的絕望。一個時代的覺醒遠遠沒有一個生命的覺醒殘忍與可怕，在周玉這裡，還有可悲。

周玉被這些想法糾纏得無法入睡。而且這些想法很自然地就被加到了阿卡的身上加以分析。周玉真是一個古怪的人，有時候她也被自己的這種古怪煩惱：她的感性會如潮水一樣淹沒她，也淹沒其他人，但是很快，她的理性就站出來收拾殘局。她有時候對自己的感性非常厭棄，厭棄了感性，反過來也厭棄理性。如果她只具備一種——或者感性，或者理性，她一定會快樂許多。但是不幸得很，她的感性和理性一樣強烈地存在於她身上。

她愛阿卡，她第一次在心裡想自己愛這個男人的時候就懷疑自己：見過一面的男人該怎麼去愛呢？但是她又如此強烈地思念著他，這思念弄得她寢食難安。她多麼希望看看他啊，就看看他，她不求別的，就想看看他。

## 14

幾個夜晚過去了，周玉一直沒有辦法好好地睡一覺。她不喜歡自己這樣的狀態，但是又沒有辦法擺脫。她越是與這樣的狀態較勁，越是被它束縛，周玉筋疲力盡，拿自己沒有辦法。

《黃昏的歌吟》——她幾乎是中毒一樣守著這個時刻的到來。回來，她一狠心，就用自己積攢了好久的錢去買了一個錄音機，還買回了許多空白磁帶。她把《黃昏的歌吟》從一開始就錄下來，到了錄阿卡的聲音的時候就特別小心，不讓自己出個大氣，怕也被錄了上去。

夜晚了，周玉就把黃昏錄的聲音放出來聽，翻來覆去地聽。她希望在他的聲音裡找到不一樣的一點，但是一直沒有。有一次，周玉實在忍不住了，就給他們電台的短信平台發了一個短信，說給阿卡點一首歌。點什麼歌，周玉沒有說，讓阿卡自己喜歡什麼歌就放什麼歌。阿卡在電台裡感謝了「這位熱心的聽眾」，然後放了一首〈說唱臉譜〉：「那一天爺爺領我去把京戲看，看見那舞台上面好多大花臉，紅白黃綠藍咧嘴又瞪眼……」

周玉心情複雜地聽著這首歌。這首歌的確是阿卡喜歡的，他的確是一個戲迷。周玉似乎看見阿卡在操作機前搖頭晃腦地跟著一起唱。但是阿卡的情緒裡沒有一點起伏，他完全沒有從這個電話號碼裡讀出周玉的一點信息。周玉的心疼了起來，她日夜思念的一個人居然對她沒有一點感覺，那阿卡曾經說過的話呢？

周玉忍不住了，她感覺到自己的心裡沸騰著火焰，這火焰在她的懷疑和自卑裡不停地向上翻騰。她的懷疑和自卑如同廉價的汽油不停地往上澆。她緊緊地握著手機，她不願意給阿卡打電話，她每一次給他打電話都感覺提心吊膽，如同一個盜竊犯走在警察眼皮下的感覺。但是她的胸口是那麼疼，彷彿下一刻就要撕裂和爆炸。不，我要給他打一個電話。

她手指顫抖著按出了那一串電話號碼：嘟——嘟——嘟——。電話響了五聲，周玉就絕望了：阿卡不接她的電話。周玉更著急了，她的臉紅彤彤的，又急又羞。突然覺得自己太魯莽了，但是不魯莽又能怎麼辦呢？第九聲響了一半，周玉聽見那邊短暫的沉默，阿卡「喂」嚇了她一跳，把一個已經準備溺水的人拉回了岸上。周玉渾身濕漉漉的，一時氣短，說不出話來。短暫的沉默，阿卡又「喂——」，還是拖出很長的招呼：「誰啊，怎麼不說話呢？不說話我就掛了啊。」

不，周玉終於輕輕地哀求了起來：「阿卡，是我，你別掛。」

阿卡問：「周玉？你好嗎？你有事情嗎？」

阿卡問她有事嗎？周玉就愣住了，她有什麼事情呢？沒有事情她給阿卡打什麼電話呢？周玉的羞愧一下子湧了上來，如同一個做錯事的孩子。

「阿卡。」周玉咧著嘴，不知道該說什麼。她一直覺得心裡有千言萬語對阿卡說，但是此刻她卻什麼也說不出來。「阿卡。」周玉又低低地叫了一聲。她覺得能夠叫著這個名字已經被幸福衝擊了。

「嗯？你有什麼想說的，你就說吧，我聽著呢。」阿卡放緩了語氣，他鼓勵著周玉。周玉此刻也感覺到阿卡的鼓勵和安慰，周玉還是不知道說什麼好：「阿卡，我給你點的歌……」

阿卡說：「我知道啊，謝謝你。你還有什麼說的嗎？」周玉的臉紅燙燙的：「沒有了，沒有了，阿卡，我就想聽聽你的聲音。」阿卡沉默了一會兒說：「你有時間就來鍾祥玩呢。」周玉的心一下子就熱了，是的，是瞬間就熱起來的：「嗯，我知道，阿卡，你好好保重自己。」阿卡說：「再見？嗯，再見！」

周玉不說話了，但是她的耳朵還貼著手機，她屏住呼吸，阿卡那邊沒有聲音了，但是他沒有掛斷電話。等了好久，阿卡還是沒有掛電話。周玉怯怯地，試探地喚了一聲：「阿卡？」

「嗯？」阿卡居然回答了她，又把她嚇了一跳，她的手一抖，電話就掉在地上了。她心疼地撿起來，慌亂地按下了掛斷鍵。周玉長長地吐出了一口氣，彷彿一個新生的人重新獲得了生活的機會。她按住怦怦亂跳的心，又摸了摸發燙的臉龐，感覺自己還在這個世界上太幸運了。

周玉激動地在屋子裡走來走去。她不知道命運是怎麼安排的，怎麼會給她如此的幸運，怎麼會把阿卡這麼優秀的人降臨在她的生命裡。難道是上天憐憫她，給了她一個美麗的安慰？走來走去的周玉被這樣的幸福衝擊得緩不過神來。

阿卡，阿卡啊。周玉默默地念叨著這個名字，她感覺眼睛裡含了幾噸的淚水，但是無法把它流出來。她一遍遍回憶著剛才的電話，回憶著阿卡說的每一句話，每一個字，甚至每一聲歎息。她真後悔沒有打開錄音，把剛才的電話都錄下來。

但是一遍遍回憶，周玉剛才的興奮一點點減退了：阿卡的語氣那麼淡，雖然他盡力溫柔著，是的，他是在使自己溫柔，這溫柔不是本來的，而是他刻意的。他為什麼要刻意呢？他原本對她是沒有溫柔的。周玉慢慢慢感覺到他的語氣是冷漠的，周玉越想越覺得心裡不舒服，剛才被世界溫柔接納的假象這麼快就如一個肥皂泡般破了。周玉身上像被灑了一層濕漉漉的鹼水的味道。

周玉的心從剛才的狂熱裡漏了出來，如一條被剝去了鱗的魚，渾身疼，沒有特別疼的地方，但是每一塊地方都疼得讓人難受。她慢慢地彎下腰去，順著牆壁滑了下去，她的頭也低下去了，越來越低，然後蜷縮成一團，如一塊大的土坷垃。她想哭，但是她怎麼也哭不出來。

這樣待了很久，夜的寒氣一點點從她的背部浸了進來，開始是一陣一陣的，慢慢就吞沒了整個人，周玉冷得瑟瑟發抖。她慢慢地站了起來，慢慢地移到了床上，如一條瀕臨死亡的魚慢慢移到了有水的地方。

## 15

阿卡：見字如面！

周玉終於想到可以給他寫信的。她在一張信紙上寫下了這個名字，彷彿心裡又找到了一個換氣口。她笑了起來：自己是多麼善於給自己找到這些口啊。在她一次次的絕望裡，她都沒有失去找這些口的能力。她覺得上天在用這樣的方式引誘她活下去呢。她羨慕那些生命裡沒有裂隙，活得理直氣壯的人。而她，總是在撿生活中多餘的一碗剩飯，活得多少有一些厚顏無恥。這樣的厚顏無恥常常讓周玉羞愧，但是羞愧得多了，羞愧也變成了厚顏無恥。周玉這樣想的時候，總是想笑。

阿卡，見字如面。

你知道嗎？現在夜已經深了，我不知道這樣的深夜裡還有沒有和我一樣醒著的人，有沒有和我一樣被思念折磨得心力交瘁卻無法入睡的人。

阿卡，你一定是睡著了吧，鍾祥城的夜色和霓虹都不會進入你的夢鄉。當然無法進入你的夢鄉的還有我，我也從來就沒有奢望過進入你的夢。對我而言，你就是神一樣的尊貴和高傲，一個凡人怎麼可以進入神的夢鄉呢？

哈，我以為神奇的事情在你眼裡也許根本不值一提，甚至給你帶來了小小的困擾。當然你不會讓這樣的困擾成為困擾，你不會像熱切的我一樣對這樣的相遇寄予希望和絕望。是的，希望和絕望。我猜你是無法理解我的心情的，當然就算理解了對於你我也是無益的。如果給你帶來困擾，我會內疚的，這是因為我無端生發的一段情愫。

阿卡，我想你。我在想如果十年以前我沒有結婚的時候遇見你，那會怎麼樣呢？我思來想去覺得那個時候不可以遇見你。少女的我一定會對你抱有巨大的希望，這希望弄不好就會成為巨大的漩渦把我們兩個人都捲進去。所以，命運有它安排的深意，我們在這個時候是最好的，你以天使的身分來把我挽留在這個人世裡。

哦，阿卡，你也許覺得我多麼可笑呢。一個殘疾的農村女人居然愛上了和她差距那麼大的一個人，但是怎麼辦呢？我隱隱約約感覺到毀滅在不遠的前面等著我，但是我多麼願意就把自己交給這樣的祭奠裡。

讓我怎麼說呢，我今天給你打電話，我忐忑不安地給你打電話，我想聽你的聲音。阿卡，我能說什麼呢，言語是無法把一個人的感情表達出來的，它甚至會誤解一個人需要的感情表達。所以我幾乎不能說話，我是一個笨嘴笨舌的人。

阿卡，我能夠怎麼辦呢？你如同一束光照著了我，這光豈知又不是假象和虛影呢？哎呀，我是如此悲觀，不然我能怎麼辦呢？真的，阿卡，我想再一次看見你，我能有什麼希望呢，我的希望就是把和你見面的日子當成節日。

# 16

正月終於慢慢騰騰地過完了。他們這裡有一句話「正半年，二梭梭」。說正月是一年裡過得最慢的一個月，可能剛剛經過漫長的晝短夜長的冬季，春天白天的時間多了一些，人就覺得格外慢了呢。正月也是一家人最幸福的一個月，因為沒有農事的牽絆，終於有了一個比較長時間的休息期。

周玉給阿卡發出一封信後，心裡反而平靜了下來。她甚至沒有希望阿卡給她一個回應。哪怕是好的回應，她也覺得不需要。她的心比任何時候都平靜，這樣的平靜讓她輕鬆，讓她感覺到實實在在的快樂。

後門口的楊樹葉已經有她兒子的一巴掌大了，鵝黃的、嫩生生的，彷彿飽含著最初解凍的一脈春水。它們在越來越柔軟的風裡輕輕悠悠地搖晃著，如同一些小小的少女。從這些嫩生生的樹葉的縫隙裡看過去，是藍的天空。天空的顏色隨著季節的變化而變化著，在四季分明的江漢平原上格外分明：冬天的天空是灰白的，有時候灰深一點，有時候白深一點，但是沒有透明的感覺。春天一到就不一樣了：灰白就變成了瓦藍，有時候藍深一點，有時候淺一點，但是永遠都是藍色的。

家裡的幾個母雞都開始想抱小雞了：牠們在一個窩裡下蛋，也不去分這個蛋是誰下的，那個蛋是誰下的，反正抱出來就是自己的。而且爸爸都是一個，就更沒什麼計較的了。牠們有了抱小雞的心，就沒有心思和精力再去下蛋了。媽媽選了一個強壯的精力充沛的翅膀大的腳手輕盈的母雞——當然，牠們只有腳。

安頓好了母雞，其他的雞還繼續在雞窩上抱著。牠們癡迷的樣子好像被人灌了迷藥一樣。周玉的媽媽想以毒攻毒，她最討厭以抱小雞為藉口而不再生蛋的母雞了，而且那些腳重的一不小心就把雞蛋踩破了。她媽媽鄙夷地說：「就你這樣還配抱雞子？」周玉的媽媽以毒攻毒的方法就是給那些不醒抱的母雞灌酒，一勺子酒就叫牠們暈一天。灌三四天以後，牠們就會忘了抱小雞的事情了。

周玉的媽媽讓周玉幫忙按住母雞，扯住牠們的雞冠，她媽媽再把酒灌進去。還說：「你這做雞的也有福了，你看看別的雞還喝酒嗎？」周玉這時候就會大笑。雞喝酒以後馬上就暈了，放在地上就倒了下去，只有胸部在激烈地起伏。周玉蹲在地上看著雞不停地笑，伸出手指去戳牠，牠也沒有反應。

周玉想如果吳東興也和雞一樣喝了酒立馬就睡倒了，真是省事多了。唉，他還不如一隻雞呢。周玉一想到吳東興就感覺心頭被什麼東西堵住了，她打了個冷戰，一股風打著旋從大門口吹了進來。自從她放棄對阿卡的幻想後，她的內心獲得了平靜，但是人生從此更灰暗了，沒有了一點亮色，沒有了一絲改變的可能。周玉歎氣。

周玉的媽媽把雞灌醉後就出去到村子裡打麻將去了。周玉實在無聊，把花生提出來剝米。每年春節過後，他們就剝花生米做種的。周玉的手不靈便，剝花生的夾子總是把她的手指磨破皮。周玉很不願意做這些事情，但是不做又覺得心裡歉疚得慌。

所以她剝得很慢。一粒一粒紅色的花生米從她的指縫掉到篩子裡，一個個圓滾滾的小身子，飽含著長成一棵棵花生苗子的欲望。每一年春節以後，他們都這樣剝花生米，重新把它們點到地裡，重新讓它們綠成一年豐收的希望。

周玉有時候被這樣的生活困擾著：日子就這樣一天天一年年地重複下去，生命的意義是什麼呢？人就在這樣的重複裡一年年老去，直到死去，他來到這個世界上到底是為了幹什麼呢？世界上有了太多平庸之人，上帝才有可能從這數不清的人之中選出一個出類拔萃之人嗎？周玉覺得自己不可能是那個出類拔萃之人，她肯定也是為了讓上帝的選擇增加難度的一個。這麼一想，她就感覺羞愧。但是羞愧之餘，她也覺得輕鬆：一些殘次產品就不具備擔當社會的責任了，這也是上帝的公平和憐憫。

周玉剝著花生米，腦子裡就會有許多奇奇怪怪的想法——當然她自己不以為這些想法很奇怪。一個人的腦子不可能空著，周玉想。她這樣亂七八糟想著，電話響了好幾聲，她才聽見。掏出來一看，居然是阿卡。她的手抖了一下，心跳加快，想著阿卡給她打電話會不會罵她，罵她癡心妄想什麼的。

周玉實在不想阿卡給她打電話。她的心已經平靜下去了，她覺得再過一段時間，阿卡就會像風一樣消失在她的生命裡，那樣也許她就不會再為他難過。有時候她覺得為阿卡難過是一件難以啟齒的自作多情的事情，但是往往自作多情的事情總少不了人去做。周玉很討厭自己的自作多情，但是她就是和討厭自己的事情作鬥爭的一個人。

周玉亂七八糟地想這些事情，猶豫著，一直到電話鈴聲結束。周玉重新把手機放回口袋，彷彿重新把自己的心丟在了曠野，雖然她的心怦怦地幾乎跳出了胸口，但是她感覺很舒服：她能夠拒絕阿卡，能夠抵擋自己的渴望和幻想，她對自己滿意了起來。但是她的平靜一下子消失了，這是她拒絕阿卡的代價。

過了兩分鐘，電話又響起來了——還是阿卡！周玉的心就軟了，她的驕傲如同一個紙糊的幌子一下子碎得找不到原型。她按下小小的綠色的接聽鍵，如同按下了一個只有她知道的地獄之門。此刻她的心已經跳到了她的身體外。她也沒有力氣管它了，想著它還在她的身體上就不和它計較了。

「周玉！」阿卡的聲音很激動，周玉第一次聽到他這麼激動的聲音，她的心就更軟了一點。

「嗯？」周玉貓咪一樣的聲音。她總是小心翼翼，好像她和阿卡之間有一個個肥皂泡，一不小心就會碰碎它們。哪怕有時候是甜蜜的，她也格外小心，她知道甜蜜的肥皂泡更容易破碎。

「周玉！」阿卡顫抖的聲音說：「你的信我收到了，我很感動。我會珍惜你的，我會給你你想要的。」

周玉的臉紅了，她想了一會，說：「阿卡，我不知道我想要什麼。」

阿卡愣了一會，說：「過兩天你來鍾祥，你來鍾祥。」

周玉想都沒想說：「好。」

## 17

過了兩天，天格外晴朗，周玉決定在這樣的日子裡去找阿卡。想起上一次見到阿卡的大風大雪，她就心有餘悸。而這樣的日子即使找不到阿卡，她也覺得心裡是愉快的。

大巴往北開，彷彿開進春天的深處：路邊楊樹葉子已經長出了往年的大小，但是周玉不知道今年樹上同一位置的葉子還是不是去年的那一片，如同她不知道今年的這一天還是不是去年的那一天。但是終於有了一些變化：去年的這一天，她不知道阿卡是誰，去年的這一天她不會單單去看一個男人，去年的這一天她不會有此刻銷魂蝕骨的幸福。

沒有人認識她，真好。巨大的幸福和巨大的悲傷一樣都無法和別人分享，周玉的心裡藏著一個深海一樣的幸福。而大巴每一次小小的顛簸，都能把她心裡的幸福搖出一個小浪潮拍打到她臉上。她真想流淚啊。

但是大巴在接近鍾祥城的地方壞了，司機用盡了辦法就是不能將熄滅了的火打燃，最後把人們趕下車，說反正進城不遠了，各自打個車也就幾塊錢。

很快就有摩的圍了過來，如同螞蝗聽見一點點水響就圍了過來。一會兒人就都被載走了，剩了周玉一個。周玉的靦腆和不自信總是在這樣的時候不合時宜地冒了出來，她一直因此覺得自己是一個沒有生活能力的人。

但是現在沒有辦法了，她必須和一個人交流，讓他把她送進鍾祥城。她找到一個看起來比較忠厚老實的摩的，說：「師傅，我就到大橋那頭，你把我送過去。」師傅把她上上下下打量了一番，問：「你有錢嗎？」周玉說：「我當然有錢。」

師傅說：「你把錢拿出來給我看看。」

周玉已經很生氣了，她覺得這是在侮辱她。他憑什麼覺得她沒有錢？她憑什麼要拿錢給他看看？

周玉說：「我有錢，但是我不給你看，你沒有資格這樣要求我。」

周圍的人就笑了起來：「喲，一個殘疾人還這麼硬氣哈。」

周玉惡狠狠地看著他們。髒字已經在心裡上躥下跳了，但是她忍住了沒有讓它們跳出嘴巴。周玉往前走，她不想和他們糾纏。雖然她希望早一點見到阿卡，但是她不想為阿卡丟了自己的尊嚴。

走了一段路，一個年輕的摩的追了上來：「走，我送你過去，又沒有多遠。」

周玉感激地對他說：「我不會少給你錢的。」

年輕的摩的沒說什麼，當然也沒有少收錢。周玉還是很感謝他，她需要的不是額外的同情和說明，她僅僅需要在世俗條件下的一份公平。她覺得公平才有尊嚴，低於或高於公平的東西就失去了尊嚴。

尊嚴？周玉想到這個詞的時候總是很迷惑：她這樣去找阿卡是不是有尊嚴？就是說尊嚴也是有區分的，那麼愛情裡的尊嚴與生活裡的尊嚴哪一個更重要呢？而尊嚴是從什麼地方產生的？是產生於自己內心的感覺還是人與人的關係裡的一種新的關係和感覺？什麼時候的尊嚴才是重要的和必須的？一種尊嚴破壞以後能不能產生新的甚至更好的尊嚴？

周玉覺得她是一個看重尊嚴的人，然而她的尊嚴總是被踐踏得一塌糊塗，她有時候很生氣，她想叫喊，而她的叫喊被別人看作沒有修養。所以為了保持尊嚴，她只能在尊嚴被破壞的情況下保持沉默，這是多麼諷刺。所以生活裡好像沒有道理，因為一個道理總是被另外一個道理擊破。

## *18*

周玉沒有在這些問題裡理出一點點頭緒，摩的已經過了漢江。她的頭髮在摩托車下橋的時候落了下來，剛才的風把她的頭髮亂捲在一起，在她的耳邊呼呼響，她分不出心看看漢江上初春的樣子。只感覺身體被金黃的夕陽包圍著，而她在不停地追趕著自己的影子。當然一個人是追不到他的影子的，但是影子也不會把一個人引到陰暗的地方。

阿卡讓周玉在樓下等她，周玉就放心地在樓下的椅子上坐著。她真是喜歡這樣的時刻：她等的人一定會來，而且他正在來的路上。這個地方她來過，有幾個人還認識她。但是她小心翼翼，擔心一個閃失讓阿卡看到了就不高興。她低著頭坐在那裡，安靜地等著命運的一次安排——其實就是阿卡的一次安排。她隱隱約約感覺到它是什麼，但是她無法明確，也不敢明確。

周玉偶爾忍不住低低地笑：她覺得自己像是一個灰姑娘馬上要變成公主了。而這是多麼不可思議的事情。阿卡，一個小城著名的主持人居然會給她這個機會？她想不明白的事情正在發生。她緊緊咬住嘴唇，彎腰伏在腿上，蜷縮著，彷彿正在禁受命運的重創。

靠近樓梯那邊，一個身影閃了出來，周玉沒有看見，但她知道是阿卡。她想抬頭去看他，但是努力了幾次，她無法抬起頭來。她的羞澀如一塊石頭壓在她頭上，她的身體無緣無故就顫抖起來，她努力想甩出它，但是它顫抖得越來越厲害。周玉的心提到了嗓子眼。

那個身影就在她面前停下了，她看到了他的腳尖——黑色的皮鞋很亮，周玉覺得自己的眼睛被晃了一下，幾乎就睜不開了。那雙皮鞋在她面前停留了很長時間，周玉就著急了：它怎麼不動呢？他是在嘲笑自己嗎？它怎麼就不動了呢？難道他認不出自己了嗎？周玉這麼想著，嘴裡就嘀咕了出來：「難道你不認識我了嗎？」

「你這麼低著頭，誰知道你是誰呢？」這是阿卡的聲音。阿卡的聲音很輕，但是一下子止住了周玉的顫抖，她受驚似的猛一抬頭：笑吟吟的阿卡啊！儘管周玉感覺他的笑容裡有一點戲謔，但是不重要。

「阿卡……」周玉慢慢地站了起來，她的身體搖晃得厲害。她真是痛恨這個時刻身體的搖晃，她越想控制它，越是控制不了。她很沮喪。但是阿卡沒有看出面前女人一絲的沮喪，他只看到她因為緊張或激動而漲紅的臉，他只看到這個鄉下女人含情脈脈又無比羞澀的眼神。是的，她不漂亮，他也說不清楚自己怎麼就答應了一個鄉村的殘疾的女人愛他的願望。這些問題他沒有辦法給出一個讓他自己滿意的答案。當他自己找不到答案的時候，他乾脆不要答案。生活裡，他一直是這麼幹的。他覺得這樣很不錯，人應該活得簡單一些。他非常滿意自己的這個生活態度。

他讓周玉跟著他走，他可不想和上次一樣在辦公室和她聊天。雖然沒有人聽見他們說話，但是總歸彆扭。而這個傻女人竟然說還好！但是他分明看到她眼裡的渴望，那麼濃郁的愛欲，她怎麼會聽不懂他隱藏的話語呢？但是後來一想，阿卡甚至覺得周玉的不解風情正是她的純粹呢。

阿卡找了一個小飯館，簡簡單單兩個菜。周玉因為太緊張和忐忑而吃得心不在焉。她總是想盯著阿卡看，但是阿卡看她的時候，她的頭就低下去了，好像被他的目光燙了一樣。阿卡知道她在含情脈脈地看著他，她的深情讓她的眼眸含滿了淚水。阿卡有時候對她笑一下，想緩解一下她的緊張和她濃郁的情感。

周玉偶爾也對他笑一下，看得出她也想配合阿卡安安心心吃完這頓飯。但是無論她怎麼努力，她的緊張會很快回到她身上，像狗皮膏藥一樣。阿卡開始覺得她是因為濃郁的情感，但是這濃郁的感情持續的時間長了，他有一些疲倦。他看出來了：周玉是一個純潔的可愛的女人，但同時她沒有能力把握住自己的情感。阿卡這麼想的時候，眼前彷彿就亮了一些。

吃了飯，阿卡說：「我們去一個安靜的地方吧。」周玉這時候才笑了一下：「嗯，我有話對你說呢。」阿卡也笑了：「你說出了見到我的第一句話。」周玉羞澀而甜蜜地笑了，阿卡也笑了，周玉的可愛這個時候又在他的心裡占了上風。

阿卡開了很遠的車，從城北一直開到了城南，周玉在車後一句話也沒有說，她心裡有很多想說的話，但是它們到了嘴邊來來回回又打了幾個結，最後一個字也吐不出來了。阿卡有時候回過頭對她笑一下，然後就在前面如同自說自話似的對她介紹這是什麼街道啊，這是什麼建築啊。周玉在後面看著他的後腦勺，看著他濃密的頭髮如同一團布滿陷阱的夜色。可是周玉心甘情願地往下跳，而且如果跳下去了，她還不想起來，她感覺自己就站在這個陷阱的邊上。

在城鄉交界的地方，阿卡在一個小小的私人旅館前面停下了，阿卡說：「這個地方安靜。」周玉想，只要跟著你，在哪裡我都願意。

房間很簡陋，阿卡到底有一些過意不去，他說：「城裡認識我的人太多了，這裡，到底簡單了一些。」周玉的臉羞得更紅了：好像是她領著阿卡來幹見不得人的事情的。她深情地望著阿卡：「對不起，阿卡……」

阿卡拍拍她的腦袋：「說什麼呢？傻孩子！」

一股電流瞬間穿過了周玉的全身。她想：一個男人拍一個女人的頭應該是溺愛的吧。周玉的身體縮了一縮，她呆呆地站在那裡，眼前的東西都模糊起來，還有一些扭曲。阿卡在靠近窗戶的椅子上坐下，周玉和他隔著一張床靠在這邊的牆壁上。她不知道應該怎麼辦，是走過去坐在阿卡對面的那張椅子上，還是坐在他對面的床上？她希望阿卡給她一個指示。她現在就如同迷失在大海上的孩子，她看不清方向，看不到對岸。

阿卡笑眯眯地看著她。周玉始終覺得阿卡的笑容有一點諷刺的味道，他在譏諷她異想天開嗎？他在譏諷她想用一種落差很大的感情填充她的殘疾帶來的失衡嗎？周玉這樣一想，心裡就有了細小而尖刻的悲傷。有時候她是多麼聰明啊，她自己也看得到這樣的聰明，而她的看見不過是加深了自己的悲傷。

但是現在，她不要加深這樣的悲傷。悲傷的日子太多了，她現在要閉上心裡的一雙眼睛，她此刻需要的是掩耳盜鈴。當然掩耳盜鈴不是一件容易的事情，而且要盜得不動聲色，好像自己真的聾了一樣。

阿卡說：「你過來，坐在這裡。」阿卡指的是他面前的床。周玉生平第一次進入這樣的賓館。她小時候跟著父母去北京治病住過，但那時候住的是許多人合在一起的旅館，有大床的賓館她是第一次見到呢。

阿卡的指令如同一紙釋書把緊緊捆綁著自己的周玉解救出來。她搖搖晃晃，舉步維艱地走到了阿卡的面前，小心翼翼地只有半個屁股坐在床上。離阿卡這麼近，周玉感到眩暈，阿卡嘴裡的熱氣都能夠撲到她的臉上，她的臉紅撲撲的。

阿卡說：「你不是說有許多話想對我說嗎？現在可以說了，你想怎麼說都可以，我聽。」阿卡還是笑瞇瞇的，他的語氣彷彿對著一個小孩子。周玉還是覺得他的笑容裡有隱隱約約的諷刺，但是她不想把自己的這個感覺說出來，她怕阿卡會不喜歡。

周玉的嘴動了幾下，又閉上了。

阿卡拉著她的手，屁股一撅也坐到了床上，周玉的心也跟著他的屁股撅起來了。阿卡還是笑瞇瞇地看著她，周玉還是覺得阿卡的笑容裡有譏諷。但是現在離這譏諷這麼近，近得彷彿是一種讚美，周玉小小的不甘變成了更小的不甘。更小的不甘就可以忽略不計了。

## *19*

周玉的臉紅彤彤的，她覺得是阿卡嘴裡的熱氣把她的臉弄得滾燙起來的。她的身體往後仰了仰，阿卡把她拉住了。周玉祈求他：「阿卡……」

「你喜歡我，是不？」阿卡小聲地在她耳邊問。

周玉趕緊點頭，怕遲一秒就不能表達自己的真心。但是又覺得阿卡不應該問這一句：她喜歡他不是明明白白的事情嗎？而且何止是喜歡！

「你想我，是不？」阿卡接著問。

周玉點頭的時候眼睛裡就有了隱隱的淚光。是啊，她是多麼想他，不分日夜，阿卡的聲音，他的身影總在她的腦海裡搖晃。豈止是想念，周玉覺得她是深深地渴望著阿卡，渴望著如同這個時候的和他相偎相依。

阿卡幾乎歎息一般的聲音在她的耳邊低迴：「我會滿足你的！」

周玉呆呆地盯著阿卡，她不知道阿卡說的滿足她是怎樣滿足。當阿卡的手猝不及防地伸到她的下身的時候，她這才明白，阿卡說的滿足她是這樣滿足她。

但是周玉一下子按住了他的手。她太緊張了，阿卡如此直接讓她一下子適應不了。她不知道怎麼做才是最好的。阿卡吃驚地望著她，心裡想著這個時候了你還裝什麼呢。但是周玉不知道阿卡是怎麼想的，這個時候除了本能，誰還會有心思和時間去裝呢？當然這是後來周玉想到的，當時的周玉被宇宙間最大的幸福裹挾著，她根本無法分身產生一點點多餘的想法。

周玉按住了阿卡的手，她第一次被男人這麼直接地撫摸不適應，也不知道怎樣才是最好的回應。阿卡笑了，他從周玉不停的顫抖裡知道這個女人是真的害羞和緊張。他又笑了起來：「你這麼含情脈脈又這麼害羞？」周玉覺得無法呼吸了。

阿卡把被周玉按住的手抽了出來，又輕輕握住了周玉的手，不停地撫摸著。慢慢地，周玉的身體鬆弛了下來，呼吸也順暢了一些。阿卡又那樣笑了一下，周玉就受不了了：「阿卡，你不許嘲笑我！」

這是周玉在這個賓館裡說的第一句話。阿卡愣了一下，還是那樣地笑了。他刮了一下她的鼻子：「傻瓜，我怎麼會嘲笑你呢？」阿卡曖昧的動作又一次沖昏了周玉。她可憐的懷疑被這樣的曖昧沖跑了。

阿卡把她亂糟糟的頭髮往後捋了捋，對著她的眼睛說：「周玉，不要這麼敏感。其實，如果沒有這個病，你還是很好看的一個女人呢。」周玉噘起嘴巴問他：「難道我現在不好看嗎？」問這句話的時候，周玉聲音大了一些，有一點理直氣壯的味道。

好看，當然好看。阿卡連忙回應著。雖然這時候阿卡沒有笑，但是周玉覺得阿卡是把笑憋在了肚子裡，還憋得很難受。想到這裡，周玉反而笑了起來，她知道阿卡在哄她，但是她也願意阿卡哄著她，她甚至衝阿卡做了一個鬼臉。阿卡也笑了起來，他這時候的笑才是真正的開心的笑。

阿卡親吻了她的額頭，又親吻她的臉，最後他的嘴落在了她的唇上。周玉在他親她的嘴的時候睜大眼睛，她想看看一個人親吻另一個人的樣子。但是她什麼也看不清：太近了，一個人不可能看清楚另外一個人。周玉在胡思亂想了很久以後開始回應阿卡。但是她回應的那麼笨拙，那麼吃力。

這時候阿卡一把扯下了她的褲子。周玉一下子彈了起來，她突然想起吳東興曾經的動作，她一下子就跳了起來：「不！」她大聲叫了起來：「不，阿卡，我不能，你走，你走！」她用了全身的力氣把阿卡推了下來。

阿卡的臉一下子黑了，他什麼也沒說，整理好衣服，走了。

## 20

點花生的時候，周玉病了，她媽媽說她正好可以偷偷懶。偷懶就偷懶吧，反正這一眼就看到了底的日子總是讓她沮喪。母雞抱出來的小雞已經有拳頭大了，在院子裡歡歡喜喜地跑動著，嘰嘰喳喳地叫著，細小而乾淨的聲音如同被屋子前面池塘裡的水洗過一樣。

周玉的身體被疾病折磨著，更多地是被自己身體裡的欲望折磨著，所以她不停地發燒，一場燒退下去，一場又趕了上來。儘管這樣，在發燒的縫隙間，她身體裡的欲望就會如同潮水一樣湧上來，讓她不安和痛苦。

真是奇怪，她三十歲了，從來沒有這麼強烈的欲望。面對吳東興的時候，她根本沒有產生過欲望，所以她覺得女人應該也可以一個人歡歡喜喜地過一輩子，但是現在，她面對身體裡翻天覆地的欲望幾乎崩潰。

她一次一次回想和阿卡見面的點點滴滴，那麼真實那麼貼近肉身，彷彿更像一個夢。阿卡走的樣子她也一直忘不了：他的臉拉了下來，也黑了下來。他生氣了，周玉覺得很難過。她一遍遍想阿卡生氣的原因，是因為她沒有同意和阿卡做愛。

一想到「做愛」這兩個字，周玉還是覺得是一件不可思議的事情：做愛，和阿卡？周玉還是不敢想像這件事，不敢想像阿卡脫了衣服的樣子。她害怕，她對一個男人的肉體充滿恐懼，一想到要跟男人赤身裸體地面對，她就受不了。

是的，她和吳東興已經很多年沒有做愛了，她已經不知道如何和一個男人的肉體面對了。但是她又多麼希望把自己交給阿卡，把身體給他。儘管她的身體如此不完美，甚至不好看。但是除了把自己這樣給他還能怎麼辦？

她在房間裡跳來跳去，身上的火焰讓她坐立不安。她一邊罵著阿卡：「阿卡，你這混蛋，你是怎麼點燃我的？」罵著罵著她就哭起來，如同被強姦的孩子。「阿卡，對不起，對不起，我下次不這樣了，我不能這樣了。」

周玉想：下一次，就是下一次一定不要那樣對阿卡。她是那麼愛他，她就應該和他做愛。他不是吳東興，他不是吳東興啊！下次無論阿卡在哪裡，無論有多遠，她都會去找他。為了讓自己的心安靜下來，她拿出自己的日記本，寫下〈穿過大半個中國去睡你〉。寫下這幾個字她就笑了起來，這真是一種英雄主義呢。她自己笑了很久才寫道：

其實，睡你和被你睡是差不多的
無非是兩具肉體碰撞的力
無非是這力催開的花朵
無非是這花朵虛擬出的春天
讓我們誤以為生命被重新打開！

我是穿過槍林彈雨去睡你
我是把無數的黑夜摁進一個黎明去睡你
我是無數個我奔跑成一個我去睡你

當然我也會被一些蝴蝶帶入歧途
把一些讚美當成春天
把一個和橫店類似的村莊當成故鄉
而它們
都是我去睡你必不可少的理由

寫完看了一遍，她又笑了。自己的一個意念被自己寫成了這個樣子，似乎也不完全是她想對阿卡說的話，不過是自己寫給自己看罷了。但是她真正感覺到自己是可以不顧一切去愛阿卡的，不管多遠，不管多少困難，無論在什麼樣的條件下，她都會去愛阿卡。她不知道自己的愛有多天真，但是如果沒有這份愛，她又該怎麼辦呢？

她拿出手機。已經很久沒有給阿卡打電話了，她無法解釋那天的事情，她也不想解釋，她不需要阿卡明白，但是她需要他原諒她。生病的虛脫讓周玉沒有像從前那樣地顫抖了，但還是有莫名的緊張讓她的心很空，如同懸崖上蕩漾著一陣陣霧氣。

電話響了，第五聲的時候她的心就提了上來，一直到電話傳來嘟嘟的聲音。阿卡沒有接電話。周玉如同被人打了一悶棍，恨不能倒在地上。但是她倒不了，她不想表演給自己看，她堅持著坐到了椅子上。

他為什麼不接電話呢？他真的生氣了嗎？如果他不接電話，從此以後我就和他沒有了聯繫。一想到這裡，周玉就感覺害怕：她多麼害怕阿卡就這樣從她的生命裡消失！彷彿剛剛摸到一縷黎明的光立刻又被無窮的黑暗籠罩了。她的身體又顫抖起來，上氣不接下氣。

但是不服氣，於是又給阿卡打，阿卡還是沒有接。打第三遍的時候，第五聲阿卡掛了電話。阿卡掛了電話，他掛了她的電話，周玉一下子崩潰了：他是討厭我了，他是不要我了啊！

是啊，我這個殘疾的又不好看的女人，他憑什麼喜歡我呢？他那麼優秀，他怎麼可能喜歡我呢？我這個癡心妄想的人啊！周玉想著就哭了出來，越哭越傷心，她明明知道這感情是無望的，但是她怎麼才能夠說服自己？

哭泣總有結束的時候，悲傷需要重新開始。晚飯沒有吃，父母想她是病得厲害了，請村裡的醫生來給她打了一針。藥物的作用下，她迷迷糊糊地睡了。夢裡她在尋找阿卡，她找了很多地方，阿卡的影子總是影影綽綽地在她前面。她只是看到他的背影，怎麼也看不到他的面部，周玉一直想走到他的前面去，但就是沒有辦法。

醒來已經是後半夜了，周玉出了一身冷汗。在這麼深的黑夜裡，真的如同在地獄一樣。周玉突然感到恐懼，第一次對死亡感覺到恐懼。這個夜晚的恐懼在以後的許多年裡都烙在她的心裡：感觸實在太深了！

一個人一旦死亡，他在世界上留下的信息也會消失得乾乾淨淨，彷佛這個人從來沒有來過這世界一樣。親人朋友可能短時間地記得你，但是記憶也會隨著時間淡去，沒有人有記住另外一個人的責任和恆心。那麼人來到這個世界上是為了什麼呢？像她媽媽和吳東興說的那樣為了繁衍下一代嗎？但是所有的人都在繁衍下一代，這樣的繁衍又有什麼意義呢？而吳東興和她結婚就是為了繁衍下一代，兒子的到來就是為了緩和兩個陌生人的溝壑矛盾嗎？

周玉覺得她是這個想法的犧牲品。就是說，她沒有被當成人的形象，沒有被另外的人歸屬為自己的同類，而這樣的抵禦就是周玉也不會把藐視她的人看成人。一樁婚姻同時把幾個人的品格往下拉，周玉感覺到了徹骨的寒冷。周玉覺得她無論從哪個角度，都應該把這個婚離了。她暗暗地想，如果現在死，父母問她有什麼遺言，她就說離婚！

但是這個村子裡，幾乎沒有一個人站在她的角度，他們僅僅把人分為正常人和殘疾人。從生產力的角度看，正常人肯定是有優勢的。殘疾人如果和一個正常人結婚，理所當然地需要犧牲自己的尊嚴和個性。

但是這樣活著有什麼意思呢？有時周玉希望自己是一個傻子，和對面的女孩一樣，什麼都不知道，也就什麼都不會去想，更不會因為這些而感到痛苦了。但是命運多麼幽默：她給了一個女人不能改變的殘疾，又給了她如此的多愁善感。這些聚集在一個人的身上，不是深淵又是什麼？

但是阿卡，阿卡難道就高過吳東興嗎？他的生命哪裡高過他呢？思想，素質，對人生的理解？最根本的還是他的社會地位？而他的社會地位又是由什麼構成的呢？體面的工作，豐厚的工資？阿卡具備的這些東西，難道會改變他對這個社會的看法和理解，會改變他對周玉的看法和理解嗎？

許許多多的疑問排山倒海地向黑夜裡的周玉壓下來。她感到死亡的恐懼可以暫時不理，但是這些實實在在的問題應該怎麼辦？如果她把阿卡和吳東興對一個殘疾人的看法歸結為一類，那是不是說明周玉本來就該死，本來就應該得到這樣的待遇？

不！周玉的頭疼了起來。殘疾不是她的錯。但是殘疾是誰的錯呢？在同等的條件下，人們不可能選擇一個殘疾人而不是正常人。也就是說她、周玉和他們——吳東興和阿卡，都沒有錯。那麼怎麼辦呢？在所有人都沒有錯的時候，問題就好解決了：按照自己的想法生活。

但是她現在的想法是和吳東興離婚，是和阿卡產生關係——這都是不可能的事情。就是說殘疾本身就是自己的罪過，是你必須承擔的東西。想到這裡，周玉就恢復了一貫的絕望，她無論怎麼想都無法給自己一個好的理由，讓自己比較順暢地在這個世界上活著。

阿卡！總是到最後，她情不自禁地想到這個男人。見到真實的阿卡以後，她覺得他甚至沒有一般人的英俊瀟灑，但是她就那樣陷了下去，莫名其妙。阿卡，你不是說你懂我嗎？你怎麼這樣對我呢？

可是她也不知道阿卡懂她什麼，或者她有什麼需要阿卡懂的。

## 21

到了五月份，周玉的病就完全好了。她媽說：「你這病挺好的，農忙的時候病，農閒的時候就好了。」周玉不說話。她媽媽又說：「吳東興也沒回來幫忙農活，也沒交錢回來，你也不找他要。」

周玉說：「我要，他就給嗎？」

她媽媽說：「這不都怪你嗎？人家回來了，也沒個好言好語，還不和別人一起睡。人家憑什麼給你？」

周玉說：「我要他錢幹麼，不都是給兒子嗎？他連兒子都不養，你怎麼不說他！」

她媽媽說：「我怎麼說他？夫妻之間好多事情不都是床上解決了？你連這個本事都沒有，你有什麼用呢？」

周玉被她媽媽一戳，心就疼了起來。她很想和她媽媽吵一架，但知道吵不過。周玉覺得自己的殘疾如同他們手裡的把柄，也是他們對付她最後的武器，周玉對這個武器是沒有還手之力的。而且有的時候，她也會用這個武器對付她自己。比如她實在想阿卡的時候，她就會把它抽出來往自己的身上砍：你是殘疾人，你這麼醜，你怎麼可以異想天開？

但是既然是砍在自己身上的武器，就意味著必然的反抗。周玉把自己砍得越重，反抗得就越激烈。這個總是和自己較勁的女人，總是被自己擰成一根繩子，擰成自己解不開的繩子才算贏過了自己。

周玉決定去看阿卡。她有疑問搞不清楚，她有愛需要給出去，她覺得有時候不知不覺愛就注定了一輩子的去向。但是她再不敢給阿卡打電話了，她忍受不了阿卡不接電話的那種悲傷。阿卡也不可能知道因為他一個不接的電話她就傷心得死去活來。

夏天的風吹過大巴的窗戶。周玉對這一次能不能見到阿卡心裡沒有一點把握，阿卡是不是嫌棄她了呢？不就是因為沒有答應和阿卡做愛，他就嫌棄她了嗎？但是她覺得不應該是這樣，她是希望和阿卡做愛的啊。只要阿卡願意，只要他再給她一次機會。

阿卡應該是因為我的身體才嫌棄我的。是的，一定是這樣！雖然他說我感情純潔，說我單純，但是城裡也不會少了這樣的女孩子啊，他為什麼會找我呢？哦，阿卡一定會說不是他找我的，而是我找他的。也的確如此啊，的確如此。

無論怎麼想，周玉都感覺到沮喪。她的善良和才華為她打開了一扇門，而她的殘疾卻在後面迫不及待地又將門關上了。殘疾！她咬牙切齒地恨它，它如同附加在她身上的另外一個人。她想把它扯下來，但是她這個時候卻又找不到它。

周玉在廣播大樓下面等阿卡。她也不確定阿卡是不是一定會出現，但是她又不敢去他的辦公室找他。她總是被自己七七八八的念頭攪得昏頭轉向。等了三個多小時吧，阿卡從門外進來了。周玉就杵在那裡，阿卡一下子就看到她了。阿卡用有一些吃驚又有一些責備的口氣問她：

「你怎麼來了？」

「我來看看你，阿卡。」周玉雖然很緊張，她的身體顫抖著，但是她強迫自己說話。她一定要改變，上次說的話太少了。周玉可憐巴巴地看著阿卡，她如同一個溺水的孩子剛剛被拖到了岸上，百般委屈。

「你不要這樣含情脈脈地看著我！」阿卡說。周玉想來酸楚：「你也知道含情脈脈啊。」阿卡又說：「你現在看到我了，可以回去了吧？」

阿卡一邊說一邊上樓。周玉跟著他。周玉問他：「你為什麼這樣，你為什麼這樣？我哪裡做得不對嗎？」

「我要冷處理這件事！」阿卡丟下這句話就跑上去了，周玉覺得沒有必要跟上去了。

冷處理？周玉想著這幾個字：我們什麼時候熱過嗎？我們還來不及熱，你就要冷處理？難道我是一件東西可以拿來處理的嗎？周玉覺得自己的心在破碎，破碎成一塊塊玻璃，尖利地刺著她自己。

周玉不想在鍾祥城過夜，她一定要回去。她一刻也不想在這個城市裡待著，她不想在這破碎的地方收拾殘局。她一步步走過鍾祥大橋，一些人好奇地看著她，他們只看到了她的殘疾，看不到她的破碎。

周玉走著就笑了起來：一個如此破碎而不堪的女人還在這個世界上走動，嫌棄她的人還是拿她沒有一點辦法啊，周玉突然覺得這樣死皮賴臉地活著也是一種勝利——孔乙己式的勝利。從鍾祥到她的村子有一百多里路啊，她不知道能不能走過去，但是她不想坐車，她就是要走回去。一些好心的客車在她身邊停下，他們有一些見過她的，但是她沒有上車。她想如果能走回去就走回去，如果死在路上就死了算了。就這麼死了？因為一個男人的冷處理？周玉又笑了起來，她不想說阿卡錯了，阿卡能有什麼錯呢？如果說阿卡錯了，她周玉是不是錯上加錯？她憑什麼用殘疾挑戰這個世界的良心？

夜黑得很快。周玉如同風裡的一片破損的樹葉在路上滑動。她很快就筋疲力盡了，腿上如同被綁上了沙袋，她為自己的衝動懊惱起來：這樣懲罰自己有什麼用呢？懲罰過後還是要活下去啊，她現在又不想結束自己。但是現在只能走了，最後一班大巴也回去了，也不可能遇見什麼便車帶她一程，這個時候在路上走，人們更多地是把她看成神經病吧。

一百公里的路啊，周玉知道有多遠。但是她必須走回去，深夜裡，路上已經沒有了任何車輛，她真的如同把自己拋進了無邊的黑暗裡，沒有任何人，沒有任何指示安慰和鼓勵她，如果她這個時候放棄自己，也不會有任何人知道。如果她死了，過兩天她的父母可能找到她的屍體，流淚的也不過是她的父母。

實在太累了，她就在路邊坐一會兒，那些撿垃圾的人這個時候也不會出現了。如果遇見撿垃圾的，他大概會把她看成同類，而且還會面臨一份危險。想到這裡，周玉警惕起來，她站起來，一步一步往前走。

## 22

第二天中午，她回家了。吳東興居然也在家，周玉覺得很奇怪。吳東興的臉很不好看，他問周玉：「去哪裡了？你這個婊子，是不是在外面偷人去了？」周玉沒有和他說話，她的腿還在身上，什麼東西也沒有缺。周玉感到自己勝利了，但是這樣的勝利卡在她的喉嚨，加深了她對自己的憎恨。

她媽媽也過來問：「你昨天幹麼去了？回來成了這副鬼相，一個女的也要知一些廉恥。」

周玉說：「知道廉恥有什麼用呢？你們這些知道廉恥的人和我有什麼區別嗎？」

她媽媽說：「知道廉恥，別人才喜歡你。你總不能把自己弄成一個人見人厭的東西。」

「我無所謂了。」周玉爬上床睡了。

她媽媽說：「你不要廉恥，你兒子還要啊，你不為你自己也要為你兒子想啊。」周玉問：「我做了什麼不要廉恥的事情呢？」她媽媽說：「你自己知道。」

吳東興說：「你別睡，你跟我去荊門！」

周玉說：「無論什麼事情，我再不會跟你去荊門。」

「你不去，讓你爸爸跟我去。」

「他要去是他的事情。」周玉說。

她爸爸就跟吳東興走了。周玉問怎麼回事，她媽媽說：「吳東興說他的那個窩棚被人占了，打架打不過人家，就叫你爸爸去幫忙。」周玉笑了起來：「看看你的女婿多好，三歲的孩子也沒有這樣的。」

她媽媽就歎氣。

「媽，我要和他離婚，不管你同不同意。」

「你翅膀硬了，誰管得著你！」她媽媽鄙視而狠狠地說，「你看看我們家族哪個有離婚的？他現在是不好，等年紀大了，還不得靠他照顧你啊！」

「媽，你覺得他會照顧我嗎？」

「會，只要你對他好些。」

周玉不說話了，她可憐她媽媽的自欺欺人：為了一個殘疾的女兒，居然可以這樣。

她媽問：「難道你在外面真的有人了？」
「你的女兒會有人要嗎？」
媽媽就歎氣。

## *23*

爸爸回家了，沒有聊吳東興的事情。但是對周玉說了一句：「如果你實在想離婚，我也不阻攔你了。但是你要想清楚，以後你可能一輩子再也找不到人結婚，你這個身體情況擺在這裡。你也可能去要飯，我們現在幫你撫養你的兒子，但是當我們老了或者不在了你怎麼辦？」
「爸爸，這些問題我都想過，但是這婚姻對這些有幫助嗎？爸，我的人生已經很不容易了，我不想這樣虧欠我自己啊。」
「你想好了，就決定吧。」
她媽媽衝了進來：「你幹什麼呢，讓你姑娘離婚？有你這樣做大人的嗎？周玉，我告訴你，我不允許！你看看你那樣子，誰會要你呢？還以為自己是一朵花呢？人不人鬼不鬼的，還想離婚?!等我死了你再離吧。」

周玉被她媽媽的話深深地傷害了，她沒有想到自己的媽媽竟然這樣說她，這樣侮辱她。她怎麼知道自己的殘疾給媽媽帶來了這麼大的傷害？

她一下子哇哇大哭。

她媽媽又吼了一句：「你還有臉哭？」

周玉問：「媽，如果我真的死了，你們是不是就少了一個負擔？」

她媽媽就不說話了。然後又說了一句：「別瞎想，有你吃有你穿的，你只要改一改脾氣把兒子養大了，不就好了？」

# 24

死亡是有誘惑的，它也是伊甸園蘋果樹上的一個蘋果。它一次次隱隱約約出現在周玉的心裡，但是它還是很遙遠的，周玉一直覺得死亡是一件非常遙遠的事情，儘管它時不時從她的心裡冒出來，但是她從沒有想到自己會結束自己的生命。

但是這一次，它猝不及防地站到了她的面前，嘲笑她又勾引她。周玉第一次看清楚了它的面貌：它沒有那麼可怕，如同一個相處了多年的鄰居，它甚至許諾了給她的好處：比如死後就從她的身上把她的殘疾抽走。她覺得單單為了這一樁，她就值得放棄在人間的一切。她太希望看到沒有殘疾的自己是什麼樣子了！

如果抽走了我的殘疾，周玉想：我就不會和吳東興遇見了，我應該有另外的生活方式，就算遇見了和他結婚了，我也不會把婚姻拖到現在。如果沒有殘疾，我一定是好看的，我口齒清晰，阿卡也不會討厭我了。

一想到阿卡，她的心就碎了。如果沒有遇見他，自己現在會是什麼樣子呢？如果沒有遇見他，我又怎麼會知道這人間的愛情呢？但是有了愛情又怎麼樣呢？讓絕望的人更絕望，讓死亡比預期的早一步來到生命裡。

周玉覺得生命到了這個時候也只能用死亡來解決了，而人早晚是要死的，留戀不過是增加了自己的痛苦。周玉覺得自己三十歲了，比起那些出車禍啊地震啊什麼的死去的人好得多。那麼多隕落的生命，她不過是遲到的一個，相比活著的人，她無非是早走了一步。這樣一想，周玉覺得很輕鬆。

周玉默默地做著死亡之前的事情。

她開小店的時候還積攢了幾千塊錢，這個錢她是準備以後沒有人管她了支撐一下。想想以後的日子，無非是淒風苦雨，周玉那麼熱愛生命，積攢著一分錢也不敢亂花，想給自己一點點保障。她把這兩千塊錢用一個信封裝了，寫上兒子的名字，她給兒子寫信，這是她第一次給兒子寫信：

兒子，如果你打開這封信，我已經不在了，請你原諒我，我的兒子！多麼慚愧，我把你帶到這個世界上，卻沒有給你一個好的生活，甚至沒有給你一個平靜的家，這都是媽媽欠你的。

兒子，媽媽沒有辦法陪你長一點的人生了，這也是我欠你的。但是我相信你，我的兒子，你一定會努力讓自己過上好日子。大千世界，千姿百態的人生，你要選擇一個最讓自己快樂的，做什麼不要緊，錢多錢少也不要緊。

相信我，我愛你。感謝你來到我的生命裡，陪伴我快樂幸福的十年，沒有你，就沒有這個家，謝謝你給了我一個家。兒子，媽媽實在捨不得你，但是媽媽堅持不下去了……

寫到這裡，周玉寫不下去了。想起兒子，想到即將和兒子永別，就有萬箭穿心。深深的虧欠和深深的捨不得讓她心碎。她號啕大哭，她又一次對天喊問：「為什麼這樣？為什麼會是這樣？」

但是死亡彷彿是勢在必行的事情了。她捨不得兒子，但是她又覺得自己在這個世界上是多餘的，如果將來兒子大了嫌棄自己，還不如現在就死呢。

她的爸爸媽媽沒有看見她有什麼不一樣，甚至從她故意舒展的眉頭裡看到她慢慢好起來的心情。她媽媽後來又對她說了一句話：「你忍忍，日子就好過了，沒有人嫌棄你，都是你做人不乖巧。」周玉呆呆地看著她：「媽媽，下輩子你生一個乖巧的女兒吧，千萬不要再生出我這樣的女兒。」

第二天，周玉在網上查找了起訴書的書寫格式，就照那樣的格式寫了離婚起訴書。她知道如果這個婚不離，她死也不會安心的。她等不到開庭的日子，但是那時候離婚的形式已經成立。寫好了以後，她對她爸爸媽媽說：「如果將來我不在了，你們幫我把婚離了吧。」

她說這句話的時候嘻嘻哈哈的如同平常開玩笑。她媽媽說：「別整天神神叨叨地說些沒油鹽的話，孩子都這麼大了，不看別的，一切朝孩子身上看。」一提到孩子，周玉就痛徹心扉，她又說了一句：「我的孩子，媽媽你幫忙照顧吧。」

她媽媽吼了起來：「我養了你三十年不是讓你去死的！」

周玉依舊嘻嘻哈哈的，她在她父母面前從來不流露自己的悲傷。她覺得這是一件可恥的事情，無論她媽媽怎麼為吳東興而揍她，她都不流露一絲一毫的悲傷。她媽媽說從來沒有見過這麼冷漠的人。

冷漠就冷漠吧，周玉想：這世界何曾要過她的熱情，她的熱情給誰不多餘？

她爸爸比較懂她的心思，知道她可能下定決心赴死了。他說：「周玉，我心疼了你三十年，為了吳東興，你的確受了一些委屈，但是我們只是希望你老了有人照顧你啊。如果你覺得實在受不了，就去離婚，我們不攔著你了。」

她媽媽的眼淚就掉了下來。

## *25*

又過了幾天。這幾天裡，周玉表現得歡歡喜喜，好像壞心情都過去了，她的爸爸媽媽也放鬆了對她的警惕。她媽媽表現出來的溫柔是很少見的。她對這個殘疾而又叛逆的女兒既愛又恨，她如果知道周玉寫過一句詩，叫〈來世不做你的女兒〉，她一定更恨得牙癢：你這樣的女兒，沒有人希望有，她一定會這樣說。唉，下輩子我們真的不要糾結在一起了。

周玉歎氣。

這一天是一個晴好的日子，周玉一臉輕鬆地對她爸爸媽媽說出門去會會朋友。他們想著她出去透透氣，心情就好起來呢，叮囑了一些話就讓她出門了。

陽光那麼好，但它是別人的。一路上人們的笑那麼燦爛，但它是別人的。一些挽著手走過的情侶，他們的愛情是他們的，周玉什麼也沒有。是的，她還有一個兒子，有父母，但是此刻她想到的不是他們。他們無法托住她的命運，她在他們的身邊呼吸，但是她的命運他們看不到，他們自欺欺人地說她幸福，他們要她也一樣自欺欺人地以為自己幸福，但是她清醒得讓自己絕望了。

她到了鎮上的法院，把離婚起訴書交了上去。法院的人似笑非笑地看著她：「你這樣還離婚嗎？」

她說：「每個人都是有尊嚴的。」

法院的人就笑了起來：「尊嚴？你能夠吃飽穿暖，不就是尊嚴嗎？一個殘疾人，離婚！」

她說：「如果你們法院不接受殘疾人離婚的案子，我在上訴告你們法庭之前可以換一家法院。」法院那個中年男人訕訕地笑了：「怎麼不受？你放在這裡吧，開庭的時間出來了，我們會通知你的。」

周玉看了他一眼，帶著一點不屑，這一點不屑讓她感覺很不錯。她也可以對法院的人不屑一顧嘛。她沒有問開庭的時間，她知道自己用不著等那一天。周玉在鎮上的街道上走著，陽光刺著她的眼睛。「陽光在我生命的最後一天裡這樣燦爛給我看。」周玉喃喃自語。她覺得已經向世界做出了最好的告別。

周玉還是坐大巴往鍾祥趕。她最後的心願是見阿卡。她平靜而又憂傷，她不知道怎麼才能找到他，這一次出來，她連手機都沒帶，她怕有人給她打電話。當然一般是不會有人打她電話的，總之，她沒有帶手機出來。

想到阿卡，她的絕望就越來越深，真好，周玉想：如果死亡非要給自己一個藉口，這個藉口似乎也過得去。

她在廣播大樓門口下了車，抬頭望包裹著整個樓層的藍色玻璃，她的怯意無端地生了出來。她的心顫抖了一下，然後整個身體就顫抖了起來。她是來向阿卡告別的，最後的告別，無論他曾經多麼嫌棄她，無論她曾經多麼愛他，過了幾天都不在了。

阿卡，你會想我嗎？周玉突然哭了起來，她蹲在路邊哭，根本不在意別人怎麼看她：你們看吧，這個小丑一樣在人間行走了三十年的女人從明天起就消失了，誰也找不到她了。一想到這裡，她見阿卡的欲望就更強烈了，這是她在人間唯一愛過的男人啊，這也是唯一教給她什麼是愛情的男人。她想見一見他，無論發生什麼情況，她都要見到他！

周玉知道這是最後一次和自己較勁了，這個死不悔改的女人到最後都在和自己較勁。她怯怯地往廣播大樓裡面走，但是走著走著就走不動了，她不知道怎麼去面對他，而他和她究竟是什麼關係呢？周玉退了出來，她想起上次阿卡冷冰冰的眼神，她覺得自己是多麼多餘。

周玉又來到了馬路邊，但是她回頭看著廣播大樓：不，一定要見到他！

周玉來到一個小菸酒店裡，問：「老闆，什麼酒的度數最高？」老闆給了她一瓶二鍋頭，說這個還不錯。周玉拿了一瓶二百五十毫升的走出了店子，臨出門的時候老闆說了一句：「姑娘，你確實挺好看的。」周玉回眸一笑：「謝謝，這是最好的禮物。」又到旁邊的超市買了一個雞腿——這麼火辣的酒她喝不下去，於是一邊啃雞腿一邊把酒喝了。

酒一下肚，她就暈了，幾乎沒有一個過程。周玉趕快跑到馬路這邊來了，她擔心再等一會她就過不了馬路了。過了馬路，眼前就模糊起來。周玉覺得她什麼也不怕了，她胃裡的熱氣頂著她走進了廣播大樓，門衛還問了她一句：「你找誰？」她笑嘻嘻地說：「我找阿卡，他欠我錢不還。」門衛笑了笑放她進去了。

她暈暈乎乎地找到電梯，真好！現在電梯裡沒有人。她按了十一樓，電梯就動了，她聽到電梯運行的聲音。她喜歡這樣的聲音，溫柔的，隱忍的。她從電梯光滑的鋁面上看到她自己：紅彤彤的臉，很正常的面部表情——是很好看啊！她對著自己笑了起來：「你看看你，這麼好看的姑娘，居然他們都嫌棄你！」
　　電梯搖晃了一下，停下了。周玉摸出了電梯，眼前的東西已經模糊不清了，但是她看清楚了是電台辦公室。平常還有人值班，今天卻沒有。周玉直接就進去了。
　　電台的幾個年輕人都見過她，對她的到來很不滿意，他們對她說：「阿卡今天沒來！」
　　「我要見阿卡！」她粗聲粗氣地瞪著他們說。
　　「阿卡今天真的沒來！」
　　「我要見阿卡！」
　　她反反覆覆只說一句話。阿卡真的不在辦公室，她心裡一酸，眼淚就掉了出來：「我再也不會見到你了嗎，阿卡，阿卡，阿卡。」她一邊哭一邊喊，「阿卡，我愛你，阿卡，我愛你！」她身體一軟就跪在了地上。人都要死了，就去他媽的尊嚴！周玉這個時候有多麼噁心自己只有她自己知道，但是她如果不這麼噁心自己又怎麼捨得去死。

## *26*

隱隱約約中，聽見有人打電話，他們是打給阿卡的。

阿卡對這樣的鬧劇深惡痛絕，他沒想到會發生這樣的事情：「這個殘疾女人！」他咬牙切齒地說，「她不是在愛我，她是在毀我！打一一〇，報警！」

幾個年輕的主持人猶豫了一會，打一一〇報警。周玉的心此刻已經死了：她的愛情需要一一〇來解決了！她哭喊著：「我這麼愛你，你怎麼找警察抓我，你怎麼找警察抓我啊！」周玉不想在這裡等警察，她踉踉蹌蹌地竄出了電台辦公室，摸索著坐電梯下樓。下來以後她突然笑了起來，一笑就停不下來了。

一邊走一邊笑。天黑了，沒有人在意一個瘋笑的女人，她一邊笑一邊喊：「阿卡，我是愛你的，你讓警察來抓我吧，你讓警察來抓我吧！」

她一路往前竄。一會兒在路邊，一會兒竄到路中間，她想就讓車撞死吧，讓車撞死她！

但是沒有車撞她。它們停下來，讓她晃悠過去，再從她的身邊繞過去。她就這樣一直晃晃悠悠到了莫愁湖。夜風很大，她聽見浪拍打岸的聲音，她聽見風刮動樹葉的聲音，風也把她的頭髮吹了起來。她看著城裡輝煌的燈火，想著城裡的人要叫警察把她趕出來，她又笑了起來，笑得上氣不接下氣，笑得眼淚橫飛。

她一步一步向湖心走去，水很冷，但是她沒有任何感覺。城裡的燈火照不到她小小的身體，照不到她越來越小的身體。風把世界吹得搖晃起來，也把她吹得搖晃起來。她的身體一晃倒在了水裡。她本能地掙扎了兩下，但是立刻感覺到這是多麼愚蠢，於是她攤開手，沉了下去……

她的眼前現出了兒子的臉孔：哭泣的、歡笑的。出現了兒子剛剛從她的身體裡出來，她第一眼看到他的樣子。出現了兒子給她送飯的場景：戴著紅色的帽子，一個小籃子提一盒飯，一歪一歪地給她送到店子上，那時候他才三歲。

她的眼前出現了她爸爸：上小學的時候，她還不會走路。下雪的時候爸爸背她上學，說如果她考不好就把她丟在雪地上。在高中的時候，她情緒不好淋了一次雨，爸爸知道後哭了一場。後來結婚了，她和吳東興吵架，她爸爸一腳把她踢了出去。

現在，她的眼前一片紅：那是五百二十隻千紙鶴。因為沒有別的顏色的紙，她就用過年寫對聯的紙給阿卡摺了五百二十隻千紙鶴。她的手慢，摺了幾個月。她沒有辦法了，她只有愚蠢地做這些事情。

千紙鶴一隻隻碎了，阿卡和他的朋友一起嘲笑這個不知天高地厚的女人，他們添油加醋把她當成笑話，傳得這個城市婦孺皆知。那些人一次次辱罵她，罵她是神經病，在現實裡，在網路上。

她拚命地閃躲。

# 27

醒過來的時候，她在醫院重症室裡，沒有一個人，除了她。還活著。她又一次絕望了。她一絲不掛地躺在病床上，她不知道有多少人看過她的身體，觸摸過她的身體，甚至蹂躪過她的身體。而現在，她的身體回到了她這裡。

她知道有一個人一直跟著她。醫生不知道那個人是誰，反正把她從湖裡撈了起來。周玉無言地看著被救活的自己，一想到又要重複以前的日子，就無比悲傷。阿卡不知道在怎樣嘲笑我呢？

嘲笑就嘲笑吧，周玉想：我都已經死過了，難道還怕他嘲笑？

到了普通病房，她父母就來了，媽媽首先哭了一通，但是也不敢責怪她。

她爸爸說：「快點把自己養好吧，法院打電話來了，過幾天就開庭。」

## 28

出院回到家的時候，周玉收到一份國家級刊物，她的詩歌發表了。媽媽非常高興，她拿著這本雜誌跑了出去：「我的姑娘有本事了，我的姑娘有本事了。」周玉也很高興，她自己也沒有想到會在這麼大的刊物上發表東西。

她寫了那麼多詩歌，從來沒有給別人看過，她僅僅只是喜歡它，覺得寫一寫心裡舒暢一些，這次發表多麼偶然，還是編輯自己從她的博客裡找到的詩歌。

周玉回家以後，突然平靜了，一想到自己那麼決然地去死，就覺得人間的事都不是個事了。她甚至不害怕村裡人的嘲笑，她笑瞇瞇地迎接他們的評論，迎接他們的熱嘲冷諷。阿卡也不是個事了，一個男人如此絕情又如何值得留戀？殘疾不是她的錯，用殘疾懲罰自己多麼愚蠢。

她把日記燒了，電話號也刪除了。想著無論以後怎麼樣，她都要好好對自己，因為生命是自己的。

法院判離婚。

她拿到離婚證高興得跳了起來，她知道自己重生了。

## 29

半年以後，她爸爸接到一個電話，說吳東興住院了。

她媽媽歎氣：「他一個人在這個地方，怎麼辦啊？」

周玉想了想，說：「媽媽，我去照顧他。」

她媽媽說：「既然如此，當初何必離婚呢？」

周玉說：「這個婚，無論什麼時候，一定是要離的。我很快樂，媽媽，我很值得。」

# 刀挑玫瑰

1

電話鈴聲響起，在她的後背狠狠地捶，捶得她倒在窗外的影子晃動了一下。她這被掏空了的身體本來就千瘡百孔弱弱地虛著，此刻這電話鈴聲彷彿把她僅剩的一魄也震出了身體，深秋的風穿過社區裡的一片香樟樹樹冠拂過她灰色的長毛線裙，她內冷外熱的身體顫抖了起來。她原來是想把手機關了，像一個人把自己關進地獄裡，閉上眼睛逃過將可能發生的事情。但是既然閉著眼睛逃避，幹麼不睜著眼睛看著呢？剛才她在窗口看著這一城燈火的時候，甚至把微笑掛上了嘴角，而內心溫潤得如同被上帝的唇吻過。她的上帝是一個貪生怕死的人，需要祂的時候，祂從來不會出現，這個時候虛情假意地到來，她也沒有怪祂，人神不都是一樣嗎？但是這電話鈴聲一響就把老男人給嚇跑了。跑的時候由於慌張，在她的心上咬了一大口，讓她的心縮成了一團。

「章德峰」三個字出現在手機螢幕上，她的腦袋嗡地一聲，腦漿在頭皮裡攪成了一團漿糊，她感覺自己有一個身體已經倒在地上了，此刻站著的是另一個身體。如果讓站著的身體也倒下去，還是要起來的，索性就讓倒下的身體回到站著的身體裡，它因為重合的疼又搖晃了幾下。她摸了好一會才把手機握到手裡，而鈴聲已經停息，「章德峰」三個字也熄滅了，她周圍的空氣彷彿留出了一大個窟窿，她就迷茫地站在這個窟窿裡。「他怎麼還會打電話呢？是別人用他的手機打電話嗎？」她覺得這是完全可能的，她已經預設過這樣的場景，現在她的腦袋清晰了一點：既然已經預備了一座山的土，就不要計較一條河的水了。如果土擋不住水，就讓水漫下來吧，反正是要死的。手機震動了，鈴聲又響了起來，在她的手裡彷彿一隻受難的小獸。手機是一隻會殺人的小獸，你不想被殺，除非你已經死了，她這麼想的時候覺得空氣稀薄了一些。她滑動了接聽鍵。一個清亮的女聲砸進了她的耳朵：「我們是市一醫急診科，病人的身分證是章德峰，您是他妹妹嗎？」

「妹妹？哦，不是！」她的腦袋又一次短板，身邊的萬千事物彷彿又糾結到了一起，要梳理肯定來不及。那邊又說：「我們看他手機上存的是妹妹，以為您是他親屬。」她愣了一下，說：「是，我是他表妹，他怎麼樣啦？哦，不，他怎麼啦？」「他被人捅了五刀，現在在緊急手術中，我們現在需要聯繫他家屬！」「他怎麼樣啊？」她的聲音不自覺地顫抖了起來，電話那頭的人從這不自覺的顫抖裡確定她是他親屬，說：「傷得很重，現在在緊急手術，結果會怎麼樣，這個就難說了。您過來醫院吧！」

電話被掛斷了。手機在手心裡發熱，如同被火烤著一樣。「他沒有死？他居然沒有死！」她釘在那裡，像被雷劈過一樣，渾身都是燒焦的味道，滿屋都是燒焦的味道，手機是更濃稠的燒焦的味道，頭髮也是足夠味道。她在屋子裡跺來跺去，只恨身子骨輕，不能把地板跺一個洞，她一拳頭捶在牆壁上，恨不能把這棟樓捶塌，讓她被埋到下面去。她的身體到了著火點，一點火星就會讓她灰飛煙滅。此刻的她彷彿離地半尺，她想飄到半空去，卻又被什麼按在地上。

「他沒有死？他為什麼沒有死呢？」她把手機舉到眼前想打個電話，但是愣了一下，把它狠狠地砸到地板上了。

她跳累了，癱在牆根上，身體如同老豆腐，布滿裂縫和蟲洞，她的身體是最稀薄的物質，怎麼捏都無法把那些縫隙捏攏。「他沒有死？他怎麼會沒死呢？」她的恐懼潮水一樣湧進了她的身體，又從滿是蟲眼的身體上漏了出去，沒有眼淚。他被捅了五刀，五刀啊！都捅在哪裡呢？他是一個非常怕疼的人，別說傷口了，就是在什麼地方磕碰一下也會跳起來，他對疼痛的感受和他的年紀很不相符，屬於天生怕疼的體質。五刀啊，那麼長的刀子該把他捅成了什麼樣子呢？她彷彿感覺到一股黏稠的東西從她的十個手指尖上流了出去，沒有一點聲音，又如同氣體一樣飄了出去。

「他沒有死！啊，他沒有死啊！」她從地板上爬了起來，穩了穩身體，把凌亂在整個房間裡的影子都收攏到自己的身體裡，這時候她的身體才有了一點重量。她加了一件外套，這件紅色的外套是他給她買的，三年了。針織的長外套上有九顆扣子，一直扣到下面去，扣子是藍色的絲綢包裹起來的，暗紋路，現在舊了，也彷彿有一層淡淡的氤氳之藍，她非常喜歡。當初他說：「我們會長長久久的。」她笑著，想如若九年就已經夠長久了。幸福厚厚實實地疊在她的眼前，閃閃發光。

她叫車到醫院，找到手術室，被告知他還在手術室裡，吉凶難測。

## 2

三年前的秋天。

二十八歲的她突然被好運敲開了房門，她興沖沖地跑回家，對她的爸媽喊：「我升職了，我是副總經理啦！」艾嘉和陳雨相互看了一眼，眼睛裡的光把對方的皺紋都舔平了。艾藍所在的公司屬於世界五百強，她雖然在一個分公司裡，但是薪水很高，公司裡的人才也是經過精挑細選的。艾藍大學畢業後就進了這家公司，一直和自己狠著勁幹。陳雨摸了一下她小小的臉龐，雖然她興高采烈地宣布著好消息，但是她的臉是煞白的，她的臉一直煞白著，怎麼都養不出血色。她媽對她說：「咱好好生活就行，咱不要那麼多錢！」她一邊追著媽媽去廚房一邊說：「我知道你怕我嫁不出去，如果我告訴你，我現在有男朋友了，你怎麼想？」

「反正不會欣喜若狂！」這個剛剛退休的中學語文老師說，但是她的雙眉都往上揚了，把射進客廳裡的陽光挑了幾縷在眉尖上。陳雨把她拉到廚房，更多的是像打聽一個人的八卦一樣了解艾藍口裡的男朋友，而不是像關心女兒一樣關心她的終身大事。艾藍幫媽媽擇菜，也像遊戲一樣，因為她媽媽也從來不在乎她會不會做家務。沒有一個女人是因為不會做家務餓死的。

「我知道，你不會在乎我有沒有男朋友，哎，像你這樣的媽媽也是世間少有啊！」艾藍說出這句話就後悔了，果然她媽說：「我急得了嗎？……」兩個女人都不說話了，陽光透過窗戶照亮了飄在半空裡的灰塵。艾藍咳嗽了幾聲，喉嚨裡的癢咳出來，輕輕地敲碎了空氣裡的冷。陳雨說：「你也咳嗽好多天了，明天去檢查一下。」艾藍說：「我每年換季的時候不都這樣，有什麼大驚小怪的？」她媽說：「反正你明天休息，檢查一下有什麼關係，咱艾藍好幾年沒吃藥了，都快忘記藥是什麼味道了。」「好，我明天就去，讓你看看我的身體有多了不起，百毒不侵啊！」陳雨說：「這樣最好了，咱先把身體搞好，有一個好身體也是能羨慕死人的呢！」艾藍又咳嗽了幾聲，低低地咳嗽，彷彿又怕把什麼打碎了。

陳雨回頭看了一眼艾藍：她的頭髮長長了，髮梢處的一截微微地捲著，她的頭髮細而軟，染了一層薄薄的棕色。這是去年過年的時候，艾藍從理髮店回來陳雨看到的樣子。艾藍當時看到她眼裡的詫異，白了她一眼：「這就把你嚇壞了？」倒不是把她媽媽嚇壞了，這個女人總是從艾藍的舉止裡揣摩著女兒的心思和心情。養一個女兒太難了，當初談戀愛的時候也沒有這麼費勁地去猜一個人。她在艾藍心情好又和她親密的時候把感受對艾藍說了。艾藍深深地盯著她看了一會，目光裡異光閃動了一下，但是旋即又笑了起來：「媽呀，你自己把自己搞得那麼累，你女兒現在不是好好的嗎？你就老記得那點事，誰不會在青春的時候混蛋一下呢？媽，你年輕的時候有沒有做過什麼後悔的，或者難以啟齒的事情啊？」艾藍總是不動聲色地轉移了話題。

半年過去，她的頭髮長長了一截，但是捲的彎兒還在，看起來更柔和了。艾藍的眉毛紋過。她的眉毛稀稀拉拉沒個形狀，又不願意畫，陳雨就不停地嘮叨，說一個快三十歲的女人都不懂得收拾自己簡直是在犯罪。艾藍很不以為然：「犯罪咋了？兩條眉毛而已，連殺人放火也不是啥大不了的事情啊！」所以有一天艾藍就跑去把眉毛紋了。陳雨看著艾藍身上一點一滴的變化，心裡的一枝枯柳條彷彿伸了半截到春天的雨水裡。她還不敢整個地伸進去，如果孩子曾經生過一場病，就算這個病已經被根治了，她還是擔心它會復發。

艾藍的雙眼皮隨她爸爸。陳雨是單眼皮，當時艾嘉第一眼看見襁褓中的艾藍就笑了起來：「我女兒，隨我！」但是艾藍有一雙憂鬱的眼睛，這個誰都不隨了。艾嘉當初說：「這孩子，注定命運多舛。」所以更加疼愛她，生生是銜在嘴裡怕化了的那種。陳雨從側面看著艾藍，看到她悄悄浮現的酒窩，卻沒有看見她眼角的笑意，好像她只是把嘴角拉開了，故意把酒窩現出來給她看，就是說艾藍用了半張臉在笑，從鼻子往下的半張臉。陳雨說：「你放心，你交什麼樣的男朋友我都不管，不過你不能把自己搞丟了！」「我更放心，就是我把自己搞丟了，你也會把我撿回來！」「那你不能把自己丟得我撿不回來了！」艾藍笑了起來，笑出了聲音。笑出了聲音就表示她一定在笑。艾藍說：「我不會再丟了，我還要給你養老呢！」

兩個人就又不說什麼了，她要的可不是艾藍給她養老，艾藍也知道她要的不是她給她養老。艾藍說：「媽，咱明天去醫院檢查一下，你陪我去！」她媽媽說：「反正我也是個閒人！」

晚飯後，艾藍回了自己的房間。浩森給她發微信說一起去吃個夜宵看個電影慶祝一下，艾藍說不出去了，這麼晚了。浩森說他有車啊，多晚都可以送她回來，而且明天休息呢也不用上班。艾藍說明天去醫院，浩森的語氣就急了：「去醫院？你怎麼了？還是你家的誰怎麼了？明天我陪你去啊！」浩森發的是語音，艾藍慢吞吞地打字給他：「沒有誰生病啊，這不是明天有空嗎，我這咳嗽了一些日子了，就去醫院檢查一下！」浩森說：「這就好，我就說讓你去醫院檢查一下，你老說沒什麼問題，真應該去檢查一下了！我陪你去啊！」艾藍說：「這次你別跟去了，我媽跟我去，你還沒見過她。而且……我還沒有跟他們說起過你。」

浩森比她小三歲，但是思想、行為都很成熟，超過了他這個年紀的很多男人。艾藍覺得認識浩森是一件很幸運的事情。浩森想了一下，說：「這就怪你了，我們交往多長時間了，你還一直不說。好吧，我明天不去了，檢查結果一出來你就告訴我啊！」

浩森是另一家公司的副經理，是他們董事長著力培養的人，大學畢業就進了這家公司，做事情兢兢業業，為人誠懇善良，眉毛又粗又直，蠟筆小新一樣。浩森永遠穿著黑色的衣服，挺拔的身材，在人群裡很能夠凸顯出來的那種。兩個在一棟大樓裡辦公的公司避免不了有些交際，艾藍就在這些交際裡的某一次認識了浩森。兩個互相吸引的人早晚是要走到一起的。浩森不知道自己正一點點把一個陷在泥坑裡的女人拖出來，艾藍覺得不妨再展開一段旅程，哪怕試試看。認識半年了，浩森越來越多地從艾藍的眼睛裡看到了笑意，有時候是一閃而過，但是他知道那也是為他一閃而過的。有幾次夜宵後，浩森想帶艾藍回家，最近一次，艾藍猶豫的時間最長，但她還是說：「你再等等我吧！」浩森就溫柔地摸摸她的頭，送她回家，想著他們還有很長的日子呢。

艾藍想著再過一段時間就給浩森一個交代吧。畢竟都是成年人了。一輩子在一個溫文爾雅的男人身邊未嘗不是一件過得去的事情。

## 3

艾嘉回到家，在臥室裡找到陳雨，她正坐在床上發呆。房間裡的光線明亮，陽台上花枝弄影，一些花兒在這樣的深秋裡還在耐心地開著，人間美好的部分都落到了這些植物上呢。床對面的牆壁上掛著他們三個人的照片：那是艾藍十八歲的生日，他們一起去照的。艾藍都快二十八歲了，時間過得真快。他們倆還說過幾天等艾藍二十八歲的生日再去照一張呢。陳雨就盯著這張照片看，看得出了神，就好像什麼也沒有看見。艾嘉走到她面前把她的視線擋住了，她也沒有一點反應。「你怎麼了？」艾嘉問。

陳雨沒有吭聲，眼睛瞪得圓，目光被艾嘉活生生地切斷了。半天沒有見到，艾嘉覺得陳雨的身體如同被抽去了骨肉，小了一圈。頭髮軟塌塌地貼在頭皮上，被汗水打濕過的樣子。灰土土的臉色，平常的溫潤找不到一點影子了。艾嘉也在床邊坐了下來，不祥的預感讓他的心也提了起來，他強打精神問：「怎麼了？」他拉住了她的手，她的手冰冷，顫抖著。

陳雨的目光動了一下，從空洞處收了回來，放到了艾嘉的臉上。那是一對驚嚇過後的目光，被沉重的恐懼打擾過，從飛機上摔下來發現自己卻沒有死就是這個樣子。艾嘉把她的手捏緊了一下，叫她自己確認她還活著呢。她終於確認自己還活著，她眨了一下眼睛，但是眼睛彷彿被什麼撐著，合不攏的樣子。「怎麼了？你說啊！」艾嘉幾乎猜測到帶給陳雨的恐懼是什麼，他同樣沒有辦法逃出它的籠罩。

陳雨的嘴角抽動了一下，不受她控制地抽動了一下。她的眼睛又眨了一下，這次眨動比上一次容易一點了。她想說話，想讓聲音從喉管裡出來，她努力了幾次也沒有成功。她惡狠狠地咬住了自己的嘴唇，咬出了隱隱的血跡，好不容易讓聲音從喉嚨裡帶出了幾個字：「艾藍，她，完了！」她的胸陡然劇烈地起伏，巨大的聲音從她的喉嚨裡衝了出來，一頭獅子從山巔上猛撲而下，恨不能把所見的撕個粉碎！她突然號啕大哭，把艾嘉的五臟六腑都震動了。她哭得捂住了胸，彎下了腰，身體滑到地板上了。艾嘉無法把她拉起來，他自己也被劇烈的疼痛撞擊著，五臟六腑都絞到了一起。植物清脆的香味影影綽綽地溢了進來，附著在這結結實實的悲傷上。

　　等陳雨哭完了所有的力氣，等她把一部分骨血也化成眼淚哭了出來，她就輕多了，艾嘉把她從地上拖了起來，放到了床上，她就像軟體動物一樣縮成了一團，這個溫婉而知性的女人第一次被這樣打得沒有一點還手的力氣。艾嘉定了定神，把眼睛裡錯位的東西還原，當然是最大限度地還原，艾嘉還是看見了還原以後它們周身留下的陰影。比如他們三個人的那張照片，那個鏡框周邊就留下了模糊的陰影。他從桌子上拿起了醫院的診斷書，想看看怎麼回事。陳雨叫了起來：「肺癌，肺癌，中晚期！艾藍啊，我可憐的孩子……」艾嘉還是把診斷書一個字一個字地看著，醫生的診斷書寫得明明白白，這些醫生也不含糊了，彷彿哥倫布發現新大陸一樣得意，艾嘉罵了一句：「他媽的！」眼睛就紅了。

艾藍回家的時候，診斷書就放在飯桌上。艾嘉和陳雨商量來商量去，最後決定把結果告訴艾藍，生活不是電視劇，隱瞞著還是會被發現的，而且一進醫院就什麼也瞞不住了。艾藍那麼敏感，她拿著診斷書看了，跑進了自己的房間。晚飯端上桌子的時候，她出來了：「這個玩笑有點過分啊，呵呵，你們也夠殘忍的哈，直截了當就告訴我了，完全不顧及一個病人的心理感受嘛！」陳雨聽著眼眶就紅了，挪到廚房去端菜。艾嘉故意不以為然地說：「反正我不以為這是什麼大不了的事情，現在醫學這麼發達，治這個病也不難啊！」

但是艾藍不同意去醫院接受治療，她說：「你們沒看見許多得這個病的人都是被治死的嗎？一進醫院，想的都是生啊死啊的問題，本來死不了的也被嚇死了。如果不去檢查，我也不知道自己得了這個病啊，我不是活得好好的嘛，所以呢，我們還是像原來一樣就很好啊。看看我現在多風光啊！」艾嘉想到過艾藍會拒絕接受治療，他不動聲色地說：

「你們公司知道了你這麼個情況，會怎麼樣？」

艾藍叫了起來：「爸，你怎麼能這麼幹？你得尊重我的決定！」艾嘉說：「你一直肆意妄為，我從來沒有管過你，但是我就你這麼一個女兒，我不想你死，我不想老無所依！如果你決定不治，也行，我明天去給你買個骨灰盒，再給我自己買一個！」艾藍愣住了，而艾嘉還是不動聲色地在吃飯，表情都沒有變一下，把飯吃得噴噴香，好像真的沒有把這個事當事一樣。

艾藍辭了職，住進了醫院。艾嘉幾乎面無表情地告訴她：「既然決定來治療了，就給我好好配合，如果你想死，就立刻出院，把治病的錢留下來給我和你媽養老！」艾藍白了他一眼：「我沒有見過這麼赤裸裸的父親，沒意思！」

4

第二個化療。艾藍在家裡磨磨蹭蹭，很不願意去醫院，實在是難受啊。同一個病房的人，同一樣病症的人，就她反應最大。藥水滴進去，她吃什麼就吐什麼，喝水都吐，醫生安慰她說反應越大效果就會越好，艾藍覺得除了這樣安慰自己也沒有別的辦法。住病房完全看運氣，運氣好的話，會住進只有兩張床的房間，運氣不好呢，一個病房裡有四張床，擁擠得很，艾藍這一次運氣不好不壞，住進了三張床的病房。

她的床靠窗，這讓她舒服了一點，從床到窗戶的位置大一點，讓她爸媽活動的地方也大一點。她在化療前幾天的輔助治療階段都讓父母晚上回去了，因為就打打針和吃藥，把身體的一些指標調到符合化療的標準。前期的預備相對輕鬆，而且艾嘉好像也從來沒有感覺到有什麼不輕鬆，他總是笑著進病房又笑著回家，給人的感覺就是：我女兒這病沒什麼大不了的，過幾天就好了，就回家了。

艾藍磨蹭歸磨蹭，她還是跟著艾嘉回醫院進行第二個階段的治療。艾嘉對她說：「要不，咱把第二個化療的時間往後推一推，反正也不急於這十天半月的！」他也是看著艾藍真難受啊，艾嘉在艾藍確診這個病以後，在網上查了不少資料，有時候半夜睡不著就起來看電腦、看書，他真的希望在艾藍身上出現一個奇蹟。而且他也真的相信這個病還是有治癒的可能，他相信自己的判斷，也相信艾藍。陳雨幾乎沒睡過一個安穩覺，艾嘉半夜去書房看書看電腦的時候，她就一個人在床上睜著眼睛。她知道艾藍是艾嘉的心頭肉，他愛她愛到能替她去死。儘管他在她們面前是一副風輕雲淡的樣子，但是他的焦慮一點也不比她們少，甚至超過了她們，他一天比一天瘦了下去，髮根也白了一些。艾藍也看到了，那天她呆呆地望著他——這個最愛他的男人，生出無限愧疚，她二十多年的任意妄為不知道讓他在暗地裡操了多少心，但他總是笑呵呵的，說：「怕什麼，我女兒不是好好的嗎？」而現在，他的女兒再也不是好好的了。

艾藍對艾嘉提的推遲第二期的化療不以為然，她說：「推遲了還不是這樣啊？」艾嘉說：「你這個病又不用急，重在養！」艾嘉勸艾藍，真的可以推遲幾天再去，但是艾藍不同意，她說要嚴格執行醫囑。艾嘉也不好說什麼，但是他對艾藍這麼急切地去醫院很不理解。剛才還磨磨蹭蹭地，怎麼一下子就變了呢？艾嘉疑慮重重地把艾藍送到了醫院，主治醫生看了看他，說：「家裡有一個病人，一家人都在受難啊！」又看了看艾藍，說：「不錯，氣色還可以！」艾藍微微一笑，眼睛裡短短的光剛要飛出來就消失了。

而且艾藍對這次能住靠窗的床很滿意，她躺在床上就能看到窗外幾棵高大的水杉樹，上百年的水杉樹了，上面還有一個小小的鳥窩，如果不仔細看，是看不到它的。但是艾藍沒有看到什麼鳥住在裡面，曾經有一個下午她都盯著那個鳥窩，還是沒有看到有鳥兒落進窩裡。深秋的水杉也是綠的，顏色一點不減，而是加深了。一棵樹如果不是人把它砍倒，它會死嗎？它會在什麼時候什麼樣的情況下死去呢？一棵樹也會生病嗎？它會在什麼時候什麼樣的情況下生病呢？但是她很少看到死去的樹，當然那些死了的樹都被拔走了，世界上再也沒有它們的影子了，如同一個人死去就被燒成一把灰一樣，世界上再也不會有她的影子了。

中間的一張床是個十三歲的男孩子，上初中一年級。這胖乎乎的孩子看到艾藍進了病房，開心地笑了起來：「姊姊你來了呀，我們又見面了！」艾藍想這孩子還不知道這個病的嚴重性呢，他好像把它當成一個鈴鐺繫在腳邊上，高興的時候還撥弄它幾下呢。小男孩來自一個偏遠的小鎮，父母是做小買賣的人，家裡為了他治病已經花光了積蓄，還借了不少錢。醫生說小孩子抵抗力強，而且沒有心理負擔，治起來容易一些。最外面的是一個中學老師，五十多歲，已經化療了七個療程，只剩皮包骨了。艾藍原先以為化療四個療程就算治療結束了——不管能不能好，但是來醫院以後，才知道有些人已經化療了許多療程了，只要他們的身體承受得起。有一個中年男人就依靠化療活了好多年了，每年都化療，這也和他的體質有關。但是這個姓張的中學老師就只剩下一副骨頭架子了。張老師在艾藍第一次化療的時候住在隔壁的房間，肺癌化療科的病人都在這一層樓，不在一個房間，見面次數多了，也就都認識了。張老師提前來醫院進行第八個化療。

艾嘉說：「您怎麼這麼快就來了呢？上次化療後都沒有修復呢。看您這走路都吃力！」張老師說：「我在家裡也不行啊，呼吸都困難了，在醫院還能吸氧啊！我看，反正是不行了，在醫院多多少少還能得到一點安慰！」艾嘉就不說什麼了，人到了這個時候只能做到這樣了。他們說是不行了，但是心裡始終抱著希望或者說是僥倖，總希望死神一個疏忽就放過了他們呢。張老師的愛人也是五十多歲，和他同齡，但是看起來比他年輕多了，她在張老師上衛生間的時候對艾嘉說：「這次肯定是不行了，盡人事吧。」艾嘉說：「別慌，沒到那一步呢，這世界奇特得很。」女人苦笑了一下，把衣服、用品都裝到櫃子裡。

艾藍和小男孩嘰嘰喳喳地談論熱播的一個電視劇，好像沒有聽到艾嘉他們的對話。

## 5

艾藍在窗戶邊站了好久，看著樹上那個小小的鳥窩，它像個大一點的句號從半空落到了樹枝上，而句號裡的鳥兒卻不知道去了哪裡。只有一個晚上，她隱約聽到樹上有輕微的聲音，她想像成鳥兒彈動翅膀的聲音，樹葉跟著抖動的聲音，更小的聲音是空氣摩擦空氣發出的聲音，她聽不見，但是能夠想像，而且這聲音一定存在想像裡，那麼真切地存在著，只是她和它隔著窗戶到鳥窩的距離，隔著束縛到自由的距離，或者還隔著永恆到滅亡的距離。這次入院看到的水杉樹葉子的顏色和上次見到的似乎有一點不一樣，像是更深了一點，有一點搖搖欲墜的恍惚。艾藍覺得視線沒有以前好了，也許是以前從來不會企圖把事物看得特別清楚，而在這醫院裡，在這與日常生活隔絕的地方，她才有機會想把事物看得清楚一點，但是想看的時候，卻還是看不清，樹上的鳥兒還沒有飛回來。

旁邊床上的小男孩在玩手機遊戲，時而緊張，眉頭緊鎖，時而大叫一聲「耶！」，那肯定是一個敵人被他幹掉了，有時候也歎息一聲「唉！」，那就是他自己被幹掉了。不過幹掉了還可以復活，復活的次數用完了，再重新開始。遊戲不停地重新開始，就是說總有一個機會，或者說總能等到一個僥倖，自己活到最後，把所有的敵人都幹掉。小男孩玩著玩著，睡著了，手機滑到床上。他胖胖的臉嘟著，小眉頭還是皺著，像是對什麼東西不滿意。

艾藍也躺到了床上，病房裡的三個人都躺著，家屬們退到房外去了，門被艾嘉走出去的時候隨手關上了。嗡嗡的人聲小了一半，寂靜小小地升了一個刻度，如同醫生在針筒裡悄悄增加的一個刻度的藥水。但是這一刻度的藥水的濃度和藥性都是最大的。掛在走廊上的呼叫器不停地傳來呼喚，幾床幾床呼叫，幾床幾床呼叫。艾藍剛進來的時候，老是把它聽成：幾號幾號叫床，心裡暗笑。安靜在這個房間裡升了一個刻度，但是依舊被喧囂浸染著，如同疾病潛伏在身體裡一樣，你偶爾感覺不到疼的時候，它還是結結實實地待在你的身體裡。

張老師從晚上到現在保持著一個姿勢，他連翻身都有些吃力了。他的肺已經如同一個蜂窩煤掛在他的身體裡，他的愛人把CT片給艾嘉看的時候，就說：「看來要準備後事了！」艾嘉愣了一下，這病入膏肓的狀態實在讓他無力找到安慰的詞語傳達給這個女人。張老師的氣息還很平，有的人上氣不接下氣，他和別人有一點不一樣，但是他的氣息微弱，游絲一樣在嘴裡進出，好像有人正不動聲色地把他身體裡的氣一縷一縷地抽走。艾藍有時候感覺到身體內部還是溫潤的，這樣的時候她也會生出僥倖心理。但是這樣的僥倖心理並沒有帶給她快樂，而是一種隱約的羞愧和不安。儘管如此，她覺得僥倖未嘗不是一件美好的事情。

艾藍模模糊糊就合上了眼睛，她第二個療程從進醫院的時候就變了，至少沒有以前的焦慮，艾嘉給她買什麼她就吃什麼，醫生讓她做什麼她就做什麼，沒有一點抵抗和懷疑。開始的時候，艾藍還說一說自己的感覺和想法，現在她的回答都是：「我感覺挺好的呀！」艾嘉回家和陳雨說了，陳雨說：「這不挺好嘛，她現在配合治療啊！」艾嘉對著窗外發呆，想對陳雨說什麼，但是沒有張口。艾嘉來到艾藍的房間，她的衣服、書籍都亂糟糟的，床上有衣服，也有書籍，書桌上有衣服，也有書籍，艾嘉的臉色沉了下來，他的女兒從來沒有這樣邋遢過，沒有生病的時候，她的房間裡永遠整整齊齊，一絲不苟。他還說她有潔癖呢。而現在，這亂糟糟的房間讓他一下子透不過氣。他把她床上的衣服一件件撿起來，疊好，放到衣櫃裡；把書一本本放到書櫃裡，在這亂七八糟的東西裡，有一個黑色皮殼的日記本。

「姊姊，姊姊！」小男孩在叫她，艾藍很不願意地動了一下，剛剛的一個好夢眼看就要破碎了，艾藍有些氣惱。「姊姊，你男朋友來了，浩森哥哥來了！」小男孩把腳伸過來搖她的床。「什麼男朋友啊？」艾藍翻過了身體，對著小男孩，他不知道什麼時候醒了，笑瞇瞇地看著她，好像自己撿了一個好東西要交給她一樣。艾藍沒有看到站在窗邊的浩森，也笑嘻嘻地對小男孩說：「你想做姊姊的男朋友啊？我等你長大！」小男孩的臉紅了，他的嘴挑了一下：「浩森哥哥來了！」

艾藍翻過身，看到了站在窗邊的浩森，這是他第三次到醫院來看她。剛到醫院的時候，她是想要他來醫院陪她的，他第一次來看她的時候，她也是在進行輔助治療，他進門的時候，她的眼睛閃動了，笑意從眼眶裡漫了出來，更多的笑意從她的眼眶裡漫了出來。浩森把水果啊，還有別的一些東西放下，拉起她的手，說：「不怕，我在呢！」艾藍笑著說：「嗯，有你！」然後他就輕言細語地給她講他公司的一些趣事，他生活裡的一些趣事。他說：「命運安排了這一切，我們相信，它就是好的！」走的時候，他摸了摸她的臉，親了下她的額頭。那時候小男孩和她也是在同一個病房裡，不過隔著一張床，他咯咯地笑了起來，故意捂上眼睛。

艾藍從床上坐了起來，說了聲：「你來了呀！」浩森把椅子拖過來，挨著她坐下，問：「你現在感覺怎麼樣啊？」艾藍說：「挺好的，你放心吧！」浩森看著她，想說什麼卻說不出來，就應了一句：「挺好就挺好！」他看著她，不知道說什麼，這是一個寡言的人，他像是自言自語地說：「你放心，我等你！」

艾藍出神地看著浩森，這個二十五歲的男人在所有女人的眼裡都算得上好男人：低調，沉穩，做事情認真負責而且有自己的想法，溫和體貼。儘管沒有在公司擔任多大的職務，但是卻讓人對他充滿信心，對和他在一起生活也能夠充滿信心。他看著艾藍，憐惜又溫柔，嘴角一次次上揚，彷彿在給她鼓勵。濃密的眉毛下眼睛哀傷又有光，那是遮蓋不住的青春之芒。艾藍的心臟跳動了一下，是啊，如果和這個男人一起度過以後的日子，未必不是一件美好的事情。艾藍把目光從他的臉上移到床對面的牆壁上，牆壁上的電視機他們很少打開，小男孩要玩手機遊戲，張老師怕吵，艾藍也對電視劇沒有足夠的興趣。黑色的電視螢幕映出了房間裡的一些東西，虛虛的影子如同被螢幕吃掉了許多層。她望著電視螢幕上自己黑色的影子，恍惚著：影子會生病嗎？如果影子不會生病，那麼人的健康就是被它竊取去了？

「你走吧！不要再來看我了。」艾藍看著電視螢幕說。浩森看著她，臉上的笑意一點點掉到地上了，他哀傷地沉默了。這個女人的病痛他實在無能為力啊。「艾藍……」他囁嚅著，萬千話語不知道怎麼去說。他想說：「不管什麼樣的你我都要。」但是他害怕艾藍說：「不管什麼樣的我，都不想再給你。」他想說：「我想和你一起度過這艱難的日子。」但是他害怕艾藍說：「我的艱難你幫不上忙。」他想對她說：「我愛你！」但是他害怕她像此刻一樣對著電視機出神，而不給他一句回答。「艾藍，為什麼？」他低下了頭，如同一個做錯了事情的孩子，卻不知道錯在哪裡。艾藍的眼神突然堅定了起來，她說：「你不要再來看我，沒有為什麼，我只是不想再面對我不能確定的事情。」

*6*

四天的輔助治療後，艾藍開始進行化療，頭天晚上她就沒吃，艾嘉說：「你怕什麼，不過是吐嘛，吐了咱再吃！」艾藍說：「算了吧，這兩天不吃也不會餓死，而且在醫院，想餓死還死不了！」艾嘉就依著她了：「好吧，死不了！」小男孩說：「姊姊，我如果是你就好了，還可以減減肥，我啊，吃什麼都能吃出唐僧肉的味道！」他們都笑了起來，張老師說：「還是小孩子好啊，在什麼情況下都能無憂無慮的，吃什麼都像吃唐僧肉！」張老師長時間沒說話了，他沒有力氣說話了，要不是這小孩子逗這一下，他也不會說話。

半夜。男孩子的父親在病床那頭的陪床上睡著了，他的鼾聲如同嗚咽一浪接一浪地在病房裡起伏。男孩子的媽媽回家了，就剩他父親在這裡，這個小鎮上的男人看起來也是個樂天派，總是一副樂呵呵的樣子。

艾嘉和陳雨也回家了，明天早上過來。艾藍睡不著，睜著眼睛平躺在床上。小男孩輕輕地喊：「姊姊，你睡著了嗎？」艾藍說沒呢！男孩問：「你害怕嗎？」「害怕什麼？害怕死啊！」艾藍想了想說，「我前段時間挺害怕死的，現在不怕了！」男孩說：「可是我挺害怕的，我害怕的時候就像有蟲子在我身體裡咬，你看張老師，他肯定不行了！」原來男孩子什麼都知道。男孩子說：「我家為我這個病把錢都花光了，我是我家唯一的孩子，我那天叫他們再生一個，他們就哭了起來。」艾藍的鼻子一酸，這麼多日子，她這一次是真正地傷心了：「小孩子，別瞎說，咱這個病又不是都治不了，張老師年紀大了，咱們年輕啊，抵抗力強啊，會好起來的！」男孩說：「嗯，我們都會好起來的！」

要說化療痛苦呢，是因為它的藥物本來就有毒性，對抗癌細胞是以毒攻毒，問題在於它以毒攻毒的時候連帶地把好細胞也一起殺死了，所以人化療以後就異常虛弱，而且還不能一次性把癌細胞都殺乾淨，無法斬草除根，所以就如同農村裡的竹節草一樣，你一次沒有搞乾淨，哪怕留一點點在地裡，它就又很快地長起來，癌細胞也是這樣，更糟糕的是它還會在化療的時候躲起來，然後進行轉移。艾藍的化療是兩天，有的人是三天或者四天，這是根據每個人的身體情況設定的。每一天從早上八點開始打針，一直打到晚上六點鐘，十個小時的注射時間。

剛剛打上針，艾藍的胃就抽搐了一下，艾嘉早把盆子放在床邊了。有的人會以為這是心理作用，其實根本不是，因為它就是毒藥，它的毒性隨著藥水一下子進入了人的身體，把人的皮肉和神經都刺激了起來。艾藍趴在床邊，身子薄薄的像疊在一起的床單，因為昨晚到今天都沒有吃東西，所以她吐了幾口後，再吐就是黃水了。陳雨心疼地說：「這就是再投生啊！再投生怕也沒有這麼受罪的。老天真是，給了人身，還這麼來折騰人。」艾藍的身體一縮一縮的，像一隻掉在開水裡的龍蝦。噁心的感覺弄得她頭暈目眩，因為沒有吃東西，整個人都空得叫人生畏：它馬上就要把人奪走了，像什麼東西把人往一個無底洞裡拉，同時又被什麼東西卡在洞口，艾藍大汗淋漓。

下午的時候，艾藍身體的反應才好了一些，嘔吐的感覺沒有了，但是人還是空蕩蕩的，像飄在半空裡的紙片。你想把這紙片撕碎吧，偏偏還夠不著它。夠不著就不夠吧，艾藍本來就心如死灰，不過是被這藥物搞得像跳大神一樣。她終於睡著了，把呼吸都藏起來似的睡著了。小男孩也睡著了，一個上午他都不安地看著艾藍。

門口閃進來一個人，他是第一次來這個病房，張老師和他的愛人疑惑地看著他。男孩子和艾藍都睡著了，男孩子的父親坐在椅子上講電話，他抬頭對他笑了一下，繼續低聲地講電話。艾嘉看見了他，說：「章老師，您來了，謝謝您！」陳雨疑惑地看著艾嘉，艾嘉把她拉出了房間。那個人拉了椅子在床邊坐了下來，就是浩森來的時候坐的那個位置。

四十歲的樣子，筆挺的西服，暗紅的領結，快一米八的個頭。身材勻稱，沒有一點中年發福的跡象。他面無表情地看著睡著的艾藍，手伸到口袋摸了摸，想到在這裡是不能吸菸的。他把兩隻手絞著放在腿根處，目光在病房裡游了一圈，對張老師的愛人點點頭，微笑了一下，又把目光收回到艾藍的病床上，研究似的看著她：燙彎了的頭髮散在枕頭上，稀疏了，應該是化療的時候掉了許多。臉蛋小小的，一巴掌大都沒有了。眉毛是紋過的，痕跡明顯地橫在臉上，閉著眼睛，睫毛很長，彷彿留下了陰影。這是一張滿是倦意、沒有生氣的臉。病床本來就很窄，而她如同一個孩子一樣躺在一頭，看上去比旁邊床上的男孩子還要小，還要弱。她的手放在被子上，鬆弛地，如同放任所有的東西從手心裡流走。男人上上下下又看了她一遍，不經意地歎了一口氣。

艾藍輕輕地動了一下頭，但是並沒有醒過來。房間裡一點聲音都沒有，彷彿都在維護這得來不易的睡眠。男孩子的父親電話講完了，失神地看著他的兒子，又看艾藍，最後看著這個初到病房的男人。他輕聲地問：「您是他什麼人啊？」章老師輕聲地回答：「我是她朋友！」兩個男人相視一笑，空氣似乎就輕鬆了一些。男人也走出了病房。

艾藍輕輕地歎息了一聲，眼珠梭動了兩下，就一點點睜開了。她虛弱地不想動，這樣安靜地躺著彷彿是享受。「艾藍，你醒了啊！」男人輕輕地問候她。艾藍轉過頭就看見了床邊的男人。他看見艾藍睜開了眼睛，站了起來。「你——」艾藍詫異得幾乎暈了過去。男人輕輕地笑著：「對不起，才知道你病了，我來看看你！」

艾藍的呼吸快了一些，她的臉紅了，耳根也紅了，眼圈也紅了：「你？你怎麼知道？你怎麼會來？」男人拉起了她的手，放在掌心裡撫摸著：「我是偶然知道你病了，你病得這麼重，怎麼不告訴我呢？」艾藍問：「我告訴你，有用嗎？」男人愣了一下，繼續摩挲著她的手：「我知道你怨我，恨我，對不起，艾藍，給我一次機會吧，讓我補償你！」艾藍輕輕地歎了一口氣：「都這個樣子了，還有什麼補償不補償的呢？」她說這些話的時候，聲音和身體都在不停地顫抖著，淚水在眼眶裡打轉，她想把手抽出來，卻被他握得更緊了。男人伸手撫摸她的面頰：「你怎麼這麼瘦了？」

## 7

第二天，章德峰又來了，買了水果、日用品，還有花。一捧花放在床頭櫃上，把整個病房都照亮了。花束的外面一層是香水百合，濃郁的香味弄得她視線有些模糊，夾在百合中間的是滿天星，藍色的小點兒一樣的花雅致得很。中間就都是玫瑰了，紅豔豔的玫瑰像塗了血一樣。章德峰來得早，問他說是星期六，不上班。他伸手把管子上的開關緊了一下，說：「慢點滴，你就不會那麼難受了！」他寵溺地看著艾藍，像看自己的孩子一樣，艾藍的臉就紅了。他愛憐地摸了摸她的臉，拿起開水瓶去打水了。

小男孩問：「姊姊，這個人是誰啊？是你男朋友？他長得可比浩森哥哥差遠了，浩森哥哥多帥啊！」艾藍笑了起來，情不自禁地笑了起來：「你個小屁孩，你知道什麼？」小男孩說：「反正他看起來就是沒有浩森哥哥好！又老又醜！」艾藍咯咯地笑了起來，問：「你想找個什麼樣的女朋友啊？」他說：「我就找姊姊你這樣的。」艾藍笑得更大聲了。章德峰打水回來，聽見房間裡的笑聲，聽見兩個人孩子似的對話，也笑了起來，說：「你要先把病治好，等你長大了，我就把艾藍姊姊嫁給你呀！」

中午，章德峰買了一碗瘦肉皮蛋粥，艾藍驚喜地問：「你怎麼知道我喜歡吃這個呢？」章德峰說：「我不知道啊，我就是隨便買的，你愛吃是最好的了！」艾藍就吃了一點，但是也吃不了多少。章德峰拿餐巾紙幫她擦嘴、擦手。幫她把掉在枕頭上的頭髮撿起來。艾藍哀傷地看著這掉了一枕的頭髮，說：「掉光了，就成尼姑了！」章德峰摸摸她的頭，說：「你即便是個尼姑，也是個溫柔的小尼姑啊！」旁邊的男孩子笑了起來，說：「對啊，姊姊你會是一個溫柔的小尼姑！」艾藍嬌羞地斜了他一眼：「別胡說！」

艾藍把眼睛閉上，但是她沒有睡意，這簡直就像一個夢，讓她懷疑自己是活著還是死了，怎麼章德峰會出現在她身邊，怎麼他會這樣體貼入微地照顧她？這怎麼可能呢？這比小說裡的劇情反轉得更快呀。艾藍微微睜開眼睛，自言自語地念叨：「這簡直太奇怪了！」

「奇怪什麼？」章德峰問。艾藍低垂著眼睛說：「最奇怪的是你為什麼會在這裡！」章德峰拉起了她的手：「當我知道你生病的那一瞬間，我就懵了，我不知道我欠了你多少，這些我都不會內疚，對不起，艾藍，我真的不會因為我欠了你的而感到內疚。我想像著你死了，這個世界上再沒有你了，我是不是就解脫了，是的，我第一時間想到的是我是解脫了，再沒有人那樣糾纏我了，再沒有人瘋瘋癲癲地跑到我單位去找我了，再沒有人給我的生活製造麻煩了，我肯定輕鬆了！」

艾藍傻傻地聽著，她知道他是這麼厭惡她，甚至比他這樣說的更厭惡她，她酸楚地笑了起來，過去的天塌了，她曾經一直想把這塌了的天撐起來，不知道從什麼時候起，她卻放棄了把這天撐起來的願望了。其實所有的天都是撐不起來的，我們的許多明知不可為的行為都是在取悅自己而已。艾藍這樣想的時候，心就似乎更透明了一些，而眼前的這個人，無論他做什麼，和自己的關係又有多大呢？

艾藍突然心情明澈，她對他說：「你回去吧！」章德峰愣了一下，他的手停止了摩挲她的手，他看著她，但是她卻並沒有看他，他的手似乎要抽回去，而她卻沒有要挽留的意思。他一直掛在臉上的笑容消失了，寒涼一下子布滿了整個面頰，慢慢地，他又抓緊了她的手，對她說：「你別趕我走！」艾藍想把自己的手抽出來，但是並沒有，他們就這樣一直握著手，艾藍又一次睡著了。直到把點滴打完，她才又一次醒了過來，章德峰還握著她的手呢，艾藍的明澈又一點點混沌了起來。

他把艾藍扶起來，這單薄的身板比三年前剛剛認識她的時候細多了，她身上本來就不多的那些肉哪裡去了呢？如今，她真的就像一張紙片漂浮在這人世間。想起過去的那些事情，章德峰有些暈眩。他拿熱毛巾給她擦臉擦身體，把她牽到衛生間讓她換衣服。她換衣服的時候，他就在衛生間的門口等著她，問她怎麼樣，還行嗎？艾藍回答：「沒問題！」

他們一起到醫院門口去吃東西，他牽著她。

第二個療程化療後，在醫院觀察了兩天，艾藍就回家了。艾嘉來接她出院，看到她的時候，他簡直是欣喜的。笑著說：「看來這愛情的功效比藥物的功效好多了！」艾藍歎了一口氣：「爸，你說我這個樣子還能有什麼愛情呢？」艾嘉白了她一眼：「得了便宜還賣乖！哎，焉知禍非福所倚也？還算這章德峰有良心！」艾藍說：「爸，你說他是不是很奇怪，我病了他怎麼知道，他怎麼會來呢？」艾嘉想了一會兒，說：「看來他是愛你的，到底放不下你啊！」艾藍不說話。

第三個療程完了以後，章德峰跟他們商量，說要帶艾藍出去玩一趟。陳雨猶豫著，怕她的身體禁不起折騰。艾嘉說：「我覺得是沒問題的啊，路上小心一點，不過度勞累就行了。」章德峰說肯定不會讓艾藍累著，於是艾藍就跟著章德峰走了。陳雨望著他們走，對艾嘉說：「你說這章德峰葫蘆裡賣的什麼藥？」艾嘉說：「你管他什麼藥，死馬當活馬醫！」陳雨點點頭。

## 8

艾藍二十五歲的時候認識了三十五歲的章德峰。其實我們以為美好的相識在以後看來都是俗不可耐，所有當初看起來美好的人在以後看來都是俗不可耐，在他們的眼裡，我們同樣俗不可耐，所以，俗不可耐構成了這個世界的基本元素。我們需要做的事情是把這俗不可耐轉化成溫柔可愛。那時候艾藍已經在公司工作三年了，良好的工作作風在公司獲得好評，她被提拔為項目組的負責人，第一個項目就完成得很漂亮，受到公司表揚。年慶的時候，公司大張旗鼓，請了些市裡的演員來助興，章德峰是其中之一。

開始的相聲，她並沒有注意他，不過他筆挺的身材倒是一下子就把他從人群裡突顯了出來，但是也不過那樣，身材好的中年男人也不少，只是人家站在舞台上，占到了優勢。就像把毛染成紅色的小雞一樣占到了優勢。要說他就只是一副好身材而已，面相就沒有那麼可愛了：眼睛不大，眉毛粗而黑，長方形的臉笑的時候，肉就被擠成一橫一橫的。一臉橫肉大約就是這個樣子，但也不至於陰險蠻橫。當然搞藝術的人一般沒有陰險蠻橫的臉，上帝不會選這樣的人來搞藝術。

吸引艾藍的是章德峰拉二胡，拉的是〈二泉映月〉，這就要命了，瞎貓撞到死耗子了——〈二泉映月〉是艾藍最喜歡的二胡曲。艾藍是個平常人，喜歡的也都是大眾化的東西。當然大眾化的東西有好的，也有不好的。人們一聽到大眾化好像就是低端的、庸俗的。這只是對大眾水準的低估。能夠讓人快樂的東西就是好東西，不同的人有不同的取捨而已。

章德峰說相聲的時候，艾藍還覺得他是在耍嘴皮子呢，但是這二胡的聲音一出來，她就挺直了腰板，她對這首曲子太熟悉了，聽了好多年，不管誰來，錯一個音符她也會聽出來。章德峰拉的時候，放慢了一個節拍，使這個曲子更加如泣如訴。艾藍覺得章德峰是懂這個曲子的。一曲終了，曲猶盤旋，艾藍起身鼓掌。喝酒的時候，他們互留了電話。

開始的時候，艾藍偶爾給他發個短信。一天天過去，短信多了，了解也多了，牽掛也多了。一次艾藍出差，因為緊張地工作，就沒有給他發信息，也沒有回他的信息。一連幾天，都沒有了聯繫，艾藍幾乎就把他忘了。艾藍還真有一次想起她快忘了他呢，笑了一下：也不是什麼必須要記住的人吧，忘了就忘了。偶爾，艾藍晚上聽〈二泉映月〉的時候就會想起他拉二胡的樣子。還是阿炳拉得好些。

那天，章德峰打艾藍電話，約她吃晚飯，艾藍那天沒什麼事情就答應了。和他在醫院裡照顧艾藍一樣，章德峰把艾藍照顧得像一個孩子。他的體貼、溫柔、健談、博學，一點點滲透進了艾藍的心。有時候感情的產生是猝不及防的，你不知道它為什麼會來，而且明明沒有來的理由啊，但是它就是來了：那天章德峰要了紅酒，不知不覺就喝多了，兩個人一邊說話一邊喝，比一群人喝酒醉得更無影無形。分別的時候，章德峰把艾藍拉到懷裡，輕輕地抱住了她，輕輕地吻了她額頭，他的身上有淡淡菸草的香味。

二十五歲的艾藍暗戀過一個男人，那個男人知道艾藍喜歡他，但是誰都沒有把這窗戶紙捅破。那是一個小個子男人，身體單薄，瘦骨嶙峋，五官也都是纖小的，要說好處，如果說善良是，那麼這也是唯一的好處。但是女人喜歡一個男人好像從來就沒有理由，他是在女人情感需要的時候恰恰撞到槍口上而已。兩年裡，每天見面打個招呼，艾藍的目光跟隨著他，他也知道艾藍的目光跟隨著他，但是他裝作不知道。這樣的狀況持續到誰也沒有辦法開口。艾藍被這暗戀折磨得厲害，最後寫了一封信給他，把心底的塊壘就這樣放下了，那個男人沒有回她，她也好像並不需要他回她，她需要的不過是一個交代。以後，她再見他的時候就跟見別人沒有兩樣了，甚至還能開玩笑了。一段暗戀就這樣無疾而終了。人的感情也和人的生命一樣，有的被橫腰斬斷，有的出了事故，而有一些就像這樣無疾而終，算是壽終正寢。

章德峰讓她開始有些不安了，他的信息她必然會第一時間回，他的電話，哪怕她在開會的時候，她也要退出會場去接。如果他一天不給她信息，她就不安，她就要給他信息或者打電話，她給他的信息和電話越來越多，如果他不接她電話，她就焦慮不安。情況就這樣反過來了，他不再給她打電話，而她電話卻越來越多，她說：「我愛你！」

他終於來找她了，帶她出去吃飯，對她說抱歉，說他那段時間有多少場演出，要很多時間排練。艾藍委屈地看著他，淚水在眼眶裡打轉。他撫摸她的臉，把她摟在懷裡，吻她。那天晚上，他們在一個賓館裡過夜。

艾藍懷孕了。她對章德峰說要把這個孩子生下來，章德峰沉默了好久，說不行！他的眼裡滿是歉疚，愛憐地摸著她的頭，說：「艾藍，不行！我不能和你結婚，這孩子生下來怎麼辦？」艾藍說：「我也沒指望你來養這個孩子啊，生下來我自己養就是啊！」更長久地沉默，他說：「不行，真不行，你一個人也養不了這個孩子，而且，人們早晚會知道這個孩子是我的。」

艾藍從他的懷裡掙脫出來，眼圈紅紅地怒視著他：「你就為了你那一點破名聲，你不顧及我們的感情，連孩子也不顧及嗎？」章德峰愣了一下，艾藍還從來沒有這麼大聲地和他說過話，她的臉火辣辣的，眼珠子也是紅的，如同一隻正在被追趕的困獸。章德峰低著頭，然後站起來，久久地站在牆角，對著牆壁發呆，很久，他說：「不行，我不許你把他生下來！我們不能把他生下來！」艾藍也惱了：「這可由不得你！」兩個人不歡而散。

過了兩天，打電話。章德峰說：「我想好了，我們還是把孩子生下來吧，什麼狗屁名聲，什麼社會地位，都去他媽的。這孩子，我養！」艾藍喜極而泣，她猶豫地問：「那你老婆呢，怎麼辦？」章德峰說：「我現在……也離不了婚，而且以後，我也不敢說就能給你一個交代。艾藍，如果你覺得委屈……」艾藍歎氣：「愛一個人有什麼委屈可言呢？」「我們晚上一起吃飯吧！」

章德峰對艾藍更加體貼了，點艾藍喜歡吃的菜，給她端茶遞水，問她身體有什麼反應。艾藍嬌羞地說：「這才剛剛開始，能有什麼反應呢？」章德峰溫柔地摸摸她的頭髮，拿了一盒點心叫艾藍吃了，說是朋友從日本帶回來的，在那邊很有名氣。艾藍放在嘴裡，也的確是好，有一股特殊的香味。艾藍說：「章德峰，謝謝你，我們都不知道以後會怎麼樣，但是你在我身邊，這就很好了啊！」章德峰說：「我知道！」

章德峰把艾藍送回家，囑咐她多休息，多吃多睡。艾藍抱住了他：「我知道啊，你這態度轉變得真快，不過也真好！」

艾藍沒有把她懷孕的消息告訴艾嘉和陳雨，她想再等一等，如果知道她和一個他們都不認識的人懷了孩子，真的不知道他們會怎麼想。反正等肚子大的時候他們自然就會知道，這期間，說不定找到個機會把章德峰帶回家讓他們認識一下呢。到時候生米煮成熟飯，他們還能怎麼辦呢？這本來就不是一條光明正大的路，走一步是一步吧。

半夜，艾藍肚子疼，要命地疼，艾嘉和陳雨手忙腳亂地把她送到了醫院，艾藍流產了。陳雨憤怒地問：「這是怎麼回事？你怎麼這麼不檢點？孩子是誰的？他人呢？」一連串的問題機關炮似的向艾藍掃了過來。艾藍更懵！怎麼會流產呢？怎麼會一點預兆都沒有就流產了呢？但是艾藍沒有告訴他們章德峰，只是說這是一次意外。艾嘉就勸陳雨：「算了，她不想說就別逼她說。哎，這女人的身體要緊啊，你以後一定要小心！」艾藍一句話也不說，她心裡的，哦，她心裡的——如果說是愧疚，那又有什麼好愧疚的呢？她的孩子沒有了！她反反覆覆想的是她的孩子沒有了！也許那還算不上一個孩子呢，反正他沒有了，他來不及成形就沒有了，也許有過也好。

章德峰知道了這個消息，詫異得不得了：「艾藍，怎麼回事？你那天回去的時候好好的，你怎麼回事啊？」艾藍一句話也說不出來，她也不知道是怎麼回事，好端端地就流產了，她無法解釋正在身上發生的事情。她想把電話掛了，這是一個心灰意冷的女人啊，她對一切事情都不想解釋了。有什麼好解釋的呢？有什麼需要解釋呢？章德峰又說：「艾藍，這只是一次意外，沒關係，咱們還有機會呢！」艾藍掛掉了電話。

# 9

第四個療程做完，艾藍進行了一次全身檢查，結果出乎意外地好。醫生說這幾乎是個奇蹟。她肺部的陰影縮小了，比開始的時候小了四分之三，就剩鵪鶉蛋大小了，如果再進行一個化療，有望徹底消失。一家人都很高興，陳雨喜極而泣：她的女兒獲得了一次重生呢！艾藍也高興，她給章德峰打了個電話，把好消息告訴了他。章德峰說：「太好了，太好了！沒有你的人間，我該怎麼辦？」

艾藍在房間裡看書，看些業務上的書。陳雨說：「你身體剛好一點，好好歇著，咱慢慢過日子，急什麼呢？」艾藍說：「我想過段時間就去上班呢，生命如此美好，不能浪費了！」陳雨不屑：「你好好歇著就是浪費生命啊？」「反正得找事情做，閒著不好！」「這個我倒同意。」

像是做了一個夢，現在夢醒了，又回到了原來的日子。吃飯的時候，艾嘉說：「你怎麼就穿這麼一點呢？你現在可不能受一點涼啊！」艾藍說：「沒事啊，我覺得很好，你摸我手，熱乎著呢！」艾嘉摸她的手，果然是熱乎的。但是他不放心，拿溫度計要她量量體溫：三十七度五，低燒。艾嘉說：「這不行，咱明天得回醫院。」艾藍說：「算了，我先吃退燒藥吧！」艾藍吃飯也磨磨蹭蹭的，說不想吃。艾嘉覺得奇怪：「這幾個療程下來，也沒見你不想吃飯的啊，每次化療完了，你不都是狠命地吃嗎？好像把沒吃的都補回來似的！」陳雨說：「明天去檢查，不要又出什麼么蛾子！那個章德峰！」

艾藍和艾嘉都明白了。艾藍喃喃自語：「不會這麼倒楣吧！」如果艾嘉和陳雨知道三年前她流產的那個孩子是章德峰的，他們會怎麼樣呢？不過事情過去了，也不會有人為此發瘋了吧。第三個療程結束，章德峰帶艾藍去了麗江，在一個民宿裡住了一星期，這一星期裡，章德峰對艾藍極盡溫柔和照顧，給了她可以依持一生的美好。章德峰說：「看看你，哪裡像個病人，你是把我騙到這裡來的吧！」他給她買衣服，買帽子，買玉石掛在她脖子上，說佛陀會保佑她，他帶她去寺廟，一起跪在佛祖面前，求佛祖賜她百年陽壽，他願意從自己的壽命上取三十年給她。

回到客棧，艾藍抱著他哭了起來：「你這麼愛我，你這麼愛我嗎？為什麼當初你拋棄我，為什麼你這些年從來都不聯繫我？你知道我一直在等你嗎？你知道嗎？我都不想活了，你為什麼又讓我活過來？」章德峰抱著她，把她的頭埋在自己懷裡：「當初是我不好，是我不敢面對你的感情，你一次次去找我，我害怕。對不起，艾藍。」「你是怕我影響你的事業，影響你的家庭，你害怕流言蜚語。但是我就不怕嗎？我也怕啊，但是我愛你的時候就來不及害怕了。」章德峰的眼圈紅了，這是第一次，艾藍看到他眼圈發紅。「艾藍，對不起，以前我是有過這樣的想法，但是當你生病以後，這麼嚴重的病，我想像了一下，如果這世界上再也沒有你，一想到這裡，我就心疼，我是真心疼啊。」「你是怕我死了以後，再沒有人去煩了你吧！」艾藍笑了起來，眼淚還掛在臉上。章德峰也笑了：「是啊，我怕再也沒有人像你那樣去煩我，也怕再也沒有人像你那樣愛我！」

陳雨帶艾藍去了婦產科。這個曾經那麼愛惜名譽的中學退休教師在艾藍生病後把一些東西都放下了，只要活著，其他附著在人身上的東西遲早都會一點一點掉下去。所謂的名譽也不過是在一個時期裡的社會共同認知，而這個社會共同認知只可能存在於一個時期裡，道德沒有恆定的標準，它也是在不停變化的。陳雨想明白了這一點，心情就輕鬆多了。艾藍有一些尷尬，說：「媽，我還是自己去吧！」陳雨笑了：「不過，你這個時候有了孩子，是一件麻煩的事情！」「哪有那麼好的事情？」艾藍說。

艾藍沒有懷孕。陳雨就把艾藍帶到腫瘤醫院檢查，也沒有問題，她的腫瘤面積也沒有擴大，各項指標正常。醫生建議做一個全面檢查。這樣鬧騰了一個星期，艾藍還是低燒，打針吃藥都沒有效果，吃不了多少東西，噁心。但是所有的檢查都做了，艾藍沒有問題。陳雨不死心，又帶艾藍做了一次檢查，對醫生說：「凡是人身上能夠檢查的都檢查一遍！」

一個星期後，艾藍去拿檢查結果，醫生告訴她：「你得了愛滋病！」艾藍炸了：「怎麼可能呢？這怎麼可能呢？你搞錯了吧！」醫生說：「我們這麼大的醫院，這麼好的設備，怎麼可能錯呢？再說愛滋病現在很普遍了，你堅持吃藥也沒有問題啊！」艾藍跌跌撞撞地蹭出了醫院，大笑起來，這玩笑一個接一個開得讓人目瞪口呆。回到家，艾嘉問檢查結果，艾藍輕鬆地說：「沒查到問題，醫生說可能是免疫力低下的問題。」艾嘉要看化驗單，艾藍去拿，磨蹭了很久，出來叫道：「爸，完了，我的包丟了，我說後來的時候少樣東西呢，完了，錢包、手機都丟了！」

當然檢查報告也丟了。艾嘉安慰她：「算了，什麼大事，丟了就丟了，你人沒丟就好！」艾藍笑著說：「人嘛，想丟也丟不了。丟了也有人撿回來！」也許是心情好，艾藍晚上吃得比前幾天多。

回到房間，章德峰打電話來了，艾藍沒有接。過了一會，他又打來，艾藍還是不接，索性把手機關了。「你這王八蛋，我要殺了你！」艾藍的牙咬得嘣嘣響。原來你對我這麼好都是裝的，你自己要死了還拉個墊背的，你這個王八蛋！

## *10*

艾藍不停地催出租車司機，快點，快點！司機很不耐煩：「已經這麼快了，你是去醫院看病人，還是想把自己送進醫院？」艾藍氣喘吁吁，一顆心彷彿就要跳出來了：「章德峰，你他媽的千萬別死啊！你千萬別死！」一會又說：「章德峰，你他媽的怎麼沒死呢，你怎麼沒死呢！」司機往後座上瞄，縮成一團的艾藍的頭髮把臉擋住了，司機看不到這是一張正在流淚的臉。一顆一顆的眼淚像石子一樣，砸到衣服上、車上到處都是，她感覺到身體裡的腫瘤正在迅速長大，一下子就抵及了喉嚨。她的身體滾燙，她的手都沒有地方放。

章德峰還在重症監護室裡。透過玻璃門，艾藍看到他死豬一樣地躺在那裡，燈火明亮，彷彿把死神隔在燈光外。醫生說他已經沒有生命危險了，雖然被捅了五刀，幸運的是沒有一刀捅到致命的地方。刀口已經處理好了，但是病人還在昏迷中，失血過多，現在輸血。艾藍呆呆站在那裡，看著一動不動的章德峰，她感覺到腹部疼，好像那些刀都扎到了她的身上。「我真渾！」她不停地重複這三個字。

第二天，章德峰轉到了普通病房，艾藍握住他的手，呼喚他：「章德峰，章德峰，你還好嗎？」章德峰沒有睜開眼睛，但是他氣若游絲地說：「傻瓜，我好得很呢！」艾藍輕輕地摸著他的手，眼淚一串一串地往下淌，她忍不住嗚咽出了聲音。「你心疼啊？」章德峰還是沒有睜開眼睛，但是他的嘴角似乎有一絲笑意。「章德峰！」艾藍只能叫他的名字，什麼話都說不出來。「我愛你，艾藍！」說了這一句，章德峰又睡過去了。

艾藍衣不解帶地在醫院照顧了章德峰一星期，她常常出神地望著他，問他：「你說，我們都在幹什麼？」章德峰也出神地看著她：「誰知道呢？」一天章德峰接到了一個電話，然後對艾藍說：「公安局打來的，他們還沒有找到凶手！」艾藍的臉色一變：「他們真沒用！」章德峰笑笑說：「有什麼關係，你在我身邊就好！」晚上的時候，章德峰對她說：「你明天回去吧，她從美國回來了！」艾藍愣了愣，說：「好！」

艾藍見過他的老婆，不是美女，但是非常有心機。艾藍的眼淚撲撲地打在地上，章德峰出神地看著她。她是真心疼他啊，她每一次給他清洗身體，處理那些傷口的時候，眼淚就撲撲地往下掉，有時候也號啕大哭，說：「章德峰，我對不起你，讓你這麼疼！」章德峰就制止她：「艾藍，你這傻瓜，和你有什麼關係？」艾藍就不吭聲了，但是她的眼淚止不住地往下掉，章德峰愛惜地撫摸她的頭髮：「你這傻瓜！」

艾藍走的時候，章德峰說：「回去後，別想亂七八糟的，我用不了幾天就出院了，這點意外算不了什麼。等我出院後，我去找你，你不要再不接電話，也不要躲著不見我。」艾藍答應了，兩個窮途末路的人走在窮途末路上。

回家後，艾藍的症狀好多了，低燒時斷時續，但是人感覺輕鬆了一些，噁心的感覺也小了一些，最初的症狀已經過去了。艾嘉說：「過幾天，我們再去化療一次吧，把這個病灶徹底消滅了！」艾藍想了想，說：「爸爸你也知道，很多病人急於求成，本來問題不大了，恨不能一下子根治了，就不斷化療，結果適得其反，你看張老師不就是這樣嗎？我現在感覺很好，這個病主要靠養是吧，我們先養一段時間再說吧！」艾嘉聽她說的也有道理，就同意再過一段時間看情況。

晚上，艾藍接到電話：「艾藍，章德峰還活著，我辦事不利，你看現在怎麼辦？」艾藍想了想說：「先等等看，也不怪你，這次算他走運，下次他就沒有這麼好的運氣了！」「那，你付給我的錢我退你一半吧，這是我們這一行的規矩！」艾藍說：「算了，錢就不要退了，反正我以後也用不著了！」「你看，要不要再弄他一次，當然我們這一行沒有這個規矩，不過……」艾藍說：「等兩天再說吧，我想想。」

艾藍把房間裡的燈熄了，把窗簾拉上，房間裡一下子黑了，她像躺進了一副棺材裡。此刻的章德峰應該由他老婆陪著，他應該若無其事地對她說起這些事情。如果他老婆問起這些天誰照顧他，他會告訴她他請了一個護工還是直截了當地告訴她是艾藍在照顧他呢？她似乎看到了掛在他老婆唇邊的不屑，罵她是個輕賤而不知羞恥的女人。想到這裡，她的心就惴惴地疼，她就恨！他老婆為什麼不問他為什麼把愛滋病傳染給她呢？在醫院的那麼多天，她為什麼不問呢？她不問，不管他怎麼回答，她都不相信！他就是有意的，他就是故意的。他這個喪心病狂的東西！

她騰地站了起來，心裡的一團火在滋滋地燒著：「章德峰，你就這麼恨我嗎？」章德峰為什麼這麼恨她，她想不出來，沒有原因可講，章德峰就是心理陰暗，自己要死了就拉個墊背的！得了愛滋病的人會有這樣的心理！她拿起電話，翻到剛剛給她打過來的號碼上，撥了出去，又掛斷了，又撥了出去，又掛斷了。她想起他躺在重症室的樣子，彷彿命已經從身體裡抽走的樣子；她想起他疼得大汗淋漓的樣子，他疼的時候輕輕叫著她的名字的樣子；她想起他摸著她頭髮的樣子……她把手機扔到了床上，使勁拽自己的頭髮，本來已經很少的頭髮一拽就掉下來一把。

艾藍想起來再過兩個月就是他生日了，他四十歲生日！艾藍把剛才的電話撥了出去：「農曆冬月初九，你再去做他，這次不要再出意外！」冬月初八是章德峰的生日。

## 11

章德峰有幾次打電話來，艾藍都沒接。她知道章德峰是在他老婆不在跟前的時候偷偷給她打的，艾藍似乎看到他偷偷摸摸做賊心虛的樣子。她的心軟了一下，疼了一下，想按下接聽鍵，到底沒有按下來。電話打不通，章德峰就發短信，說他好多了，說他想她，說他一個月後就出院，出院以後就來找她。然後問：艾藍，難道你就不想我嗎？艾藍想他，非常想，有幾次，她戴了假髮，戴了眼鏡，到他病房門口瞄，也看到他了，他的確好多了，可以下地活動了，他的老婆緊繃著一張臉扶著他。她看到他憔悴的容顏，曾經結實的身體如今弱不禁風，她的鼻子就酸了，趕緊跑出醫院。

但是回來的路上她就後悔了：我為什麼要去看他呢？他都把我毀了，我為什麼還要去看他呢？他就是個賤人，是個惡人！不過兩個月以後，他就會死了！我不殺他，他也會死，但是我要殺了他，我要是我殺了他！出租車在街上慢悠悠地往前走，擁堵不堪的路上擠滿了車。來來往往的人奔赴在尋找幸福的路上，他們的臉上沒有死亡之色，全是喜氣洋洋的。旁邊一輛車上的小情侶正在打情罵俏，女孩子的髮型和她的差不多，但是更濃密，更有光澤。男孩子也是陽光帥氣的，讓她想到了浩森，她又一次想，如果和浩森這樣的男人一起過日子未必不是一件美好的事情，但是現在什麼都來不及了。她的胸口隱隱疼痛，感覺到身體裡的腫瘤在急劇地擴散。

艾藍在家的時候表現得平和、開朗。她吃飯吃得多了，說話說得多了，陳雨看到了希望，她的女兒從一場噩夢裡走出來了。晚上，陳雨和艾嘉說起這些的時候，眉梢裡都是喜色。艾嘉不說話，他心不在焉地應付著，也不想給陳雨增加心理負擔。但是他感覺到情況不對，艾藍不去化療，身體一天天消瘦，儘管她吃得多，但是她一天天瘦了。艾藍雖然和顏悅色，但是他看出了她的憤怒、絕望，甚至嗅出了她身上危險的味道。一定出問題了！艾嘉想，章德峰已經很久不來看艾藍了，艾藍也不接他電話了，艾嘉試探著問：「章德峰怎麼好久沒來看你了呢？」艾藍神情淡然地說：「人家老婆回來了！」陳雨神色黯然：「哎，如果他沒有老婆……」「他沒有老婆也不可能給你當女婿，那個人渣！」陳雨和艾嘉對望了一下，陳雨想肯定是他們吵架了。

艾藍半夜醒來，睡不著了。想著死亡就在自己身上住著，想著過去在公司裡的事情：那個爭強好勝、做事有板有眼的女人從此就慢慢地不動聲色地消失了。如果艾嘉知道她得了愛滋病，會怎麼想啊？這時候她聽見一個人在說話，在陽台上說話，是艾嘉，他在和什麼人打電話。這三更半夜的，他在給誰打電話呢？

艾藍從床上起來，摸到了拖鞋，躡手躡腳地靠近窗戶，聽見艾嘉說：「我們說好的，你必須陪艾藍直到她的病完全好。」不知道電話那頭說了什麼，艾嘉又說：「我不管你現在是真出車禍了還是假出車禍了，不管你是真的在住院，還是找的藉口，反正你必須盡快來找艾藍，她現在情況很不好，她必須去醫院，只有你能做到！」艾嘉等電話那頭說完，接著說：「章德峰，你給我聽好了，我不要你退我錢，我是請你來救我女兒命的，那十萬塊錢我給得起，但是你必須遵守你自己的承諾，這是事關人命的事情！」

「你剛才在給誰打電話？」艾嘉經過客廳回臥室的時候，客廳的一角傳來了艾藍灰暗而尖刻的聲音。艾嘉愣住了，彷彿從頭到腳澆了一鍋熱湯。兩個在黑暗裡的人僵持著，各自的身體結著各自的冰。他們的手心裡都沁出了汗，兩頭猛獸狹路相逢。艾嘉一點一點蹭到客廳中間，拉亮了燈，跌坐到了沙發裡，低著頭，握著手機。艾藍靠著牆壁，臉色更加蒼白，頭髮亂糟糟的蓬了一臉，眼睛裡有火，卻還是那麼幽怨，白色的睡衣像裹著一個鬼魂，艾嘉被嚇到了，他歎了一口氣，說：「你過來坐吧！」

「我知道這樣做，這樣做簡直……哎……艾藍，我無法對你解釋什麼，也沒有必要解釋。你我都是從鬼門關走過一遭的，對這些就不會那麼計較。我只能告訴你我這麼做的原因。第一個化療的時候，浩森經常去看你，我以為他真的喜歡你，你也真的喜歡他，但是我卻沒有從你的身上感覺到你真正喜歡他的熱忱，你不是真正地喜歡他。」

艾藍心裡一驚：艾嘉真是了解她，這麼細緻入微地觀察恐怕作為一個父親也只有艾嘉能夠做到，艾藍的眼波動了動，喉頭哽咽了一下。艾嘉接著說：「你有一個黑色的筆記本，你還記得嗎？第一個化療回來以後，我幫你整理房間，在你亂糟糟的衣服間找到了它，你在它上面寫滿了章德峰的名字，有時候寫得很工整，是你平常的字體，有時候寫得很潦草，惡狠狠的樣子，你在醫院的時候就幹了這樣的事情？」

「我不知道章德峰是誰，我猜是你喜歡的人吧，我分析你們不在一起了，你從來沒有說過你的事情，我只能想到三年前你那次流產。艾藍，你不應該對我保留什麼，我是你爸，於是我去你們公司打聽有沒有章德峰。問了好幾個人，才有人想起他。我就去他單位找他。」艾嘉停了下來，艾藍低著頭，想著可惜這輩子報答不了艾嘉了。

「我把你的情況跟他說了，讓他跟你重歸於好。他不同意，說過去的事情已經過去了，再糾纏就沒有意思了。他還說是他對不起你。我求他，我只有這麼一個女兒，我只是不想讓我的女兒去死。我把我準備好的十萬塊錢給了他，艾藍，這不是交易，他能夠幫助你，這是作為一個父親對能夠幫助我們的人的報答，不管他能不能幫到你，只要他來，我就要感謝他。」

艾藍抱住了艾嘉：「爸爸，你為我做了這麼多，可惜我不能報答你了！」艾嘉說：「艾藍，我做了這麼多，就是希望你不要放棄自己，去治療。咱的病不是一點點好起來了嗎？」艾藍哭了起來，這麼久，她第一次哭。

## *12*

章德峰來看艾藍的時候拄著拐棍。艾嘉看到他進門，嘴動了動，不知道說什麼好，小聲嘀咕一句：「她都知道了！」兩個男人對視著，像兩個一起把事情搞砸的孩子。章德峰說：「不要緊！」艾嘉盯著他又看了一眼，不知道該說什麼。

艾藍站在窗口，看著院子裡的香樟樹，冬天了，雖然它們還是綠的，但是已經綠得不好看了。香樟樹是在春天才掉葉子，新葉子長出來多少，老葉子就掉下去多少，葉子的數量是恆定的。很好的陽光，但是看起來也是陳舊的，如同被人穿舊了的一件衣服。章德峰在她的身後站了很久，艾藍越來越小的影子真的就像鬼魅一樣被窗口的光線照了出來。靠近窗戶桌子上的綠蘿葉子枯了大半，只有藤尖的幾片葉子還是綠的。她把房間整理得整整齊齊，一副沒有人住的樣子。艾藍穿了一件暗紅的大衣，看起來像一件袈裟。他已經一個月沒有見到她了，沒想到她瘦成了這個樣子。

「你還來幹什麼？」聲音從那個影子裡面傳了出來，嘶啞，沉悶。他第一次從艾藍的嘴裡聽到這麼低沉的聲音，冰水一樣流進了他的身體。他第一次感到與另外一個人如此疏遠又如此親近，彷彿宇宙裡的兩顆星星終於認出了彼此但是卻沒有辦法靠近。他一步一步向她蹭過去，拐棍把地板敲得很響，應該說回聲很響，像敲打著地獄之門。章德峰在這個滿是艾藍的氣息的房間裡，就要溺死，但是他渴望著被溺死。

他站到了艾藍身邊，她身上清香而微苦的氣息從她的脖子處飄了出來，這個小巧而玲瓏的靈魂此刻彷彿穿過了他的身體和他合到了一起：「艾藍，既然你都知道了，我也沒有什麼好說的了，但是事情不是你想的那樣！」「我想的哪樣？」艾藍輕蔑地挑起了嘴角，轉過臉笑盈盈地看著章德峰，她什麼也不想說，就想看這個男人還想怎麼表演，反正是兩個都要死的人了。

「是的，你爸找到我的時候，他拿著那十萬塊錢去求我陪你的時候，我覺得這太荒謬了。但是你爸又去找我，我從來沒有見過哪個父親能這樣對他女兒的。你爸說你愛我，他把你的日記本給我看，我驚呆了，艾藍。我不知道這麼多年你還愛我，我不知道在這人間有一個人這麼愛著我，所以我就來了。」

「你的這些話也是那十萬塊錢買來的吧！」艾藍譏諷地看著他。章德峰低下了頭，說：「我承認最初我有一多半的心思是為了這錢，還有一點心思是好奇這麼多年你還愛我！」「所以你一舉兩得，錢也得了，人也得了！」艾藍直直地盯著他，嘴角挑了上去，輕輕地哼了一聲，從鼻孔裡哼了一聲出來。

「艾藍，事情也不是你想像的那個樣子，回到你身邊以後，我真的覺得我愛上你了，當我看到你無助地躺在病床上，你那小小的臉，當我看到你眼睛裡的光芒，你看到我的時候孩子一般的喜悅，我愛上你了！艾藍，你的病在一天天好，你比別人都有優勢，所以我們不能放棄治療！我們去把病治好，我離婚以後和你在一起！」章德峰認真地說著，聲音在輕輕地顫抖，他試圖在黑暗的深淵裡抓到這唯一的光明。

艾藍笑了起來，開始掛在嘴邊的微笑一點點蔓延開去，蔓到了整個臉上，那是一種猙獰的笑、惡狠狠的笑。她笑出了幾聲後戛然而止，但是她臉上的笑還在加深，彷彿一種病症。她的臉被她笑出了一層青色。「艾藍，你不要這樣！」章德峰在求她，這個已經溺水的人只能閉上眼睛盲目地呼救，有沒有聽得見已經不是他關心的事情了。

「那你要我哪樣？要我配合你們把這場戲演下去，去醫院把病治好？哈哈哈哈，我也以為我快要好了，要不是因為你，因為你這個卑鄙無恥的混蛋，哼，你要我把病治好，然後你再拉著我一起下地獄，在你那裡，死法不一樣，很有成就感啊！」

「什麼，我拉你一起下地獄？艾藍，就算我不愛你，對你沒有一點憐憫，我也不會混帳到這個地步！」章德峰信誓旦旦地對天發誓，艾藍的話實在出乎他的意料，他摸不清艾藍的意思，站在他對面的是一頭隨時準備撲上來的獅子。她的臉又小了一圈，一個月不見，她已經瘦得沒有了人形。章德峰幾乎不能從她的臉龐確定她的存在：「你怎麼這麼瘦了？」他的手搭到了她的肩膀上。

「滾開！」她憤怒地把他的手打掉，眼圈紅紅的：「你自己做的什麼事情你不知道嗎？你這個骯髒的……」她指著他的鼻梁，恨不能把他撕碎。

他久久地低著頭，終於他說：「我承認，三年前，我們的那個孩子是我讓他流產了，但是事情不都過去了嘛！」「你，你對孩子做了什麼?!對啊，我和你一起吃飯回來，好好的孩子就沒了！你對孩子做了什麼?!」

「我，艾藍，我只是說我對不起你，對不起那個孩子。艾藍，你想要孩子，我們以後還有很多機會呢，我們多生幾個孩子！」

「兩個都快要死的人還要生孩子？」艾藍的憤怒消失了，換在她臉上的是輕蔑。「你怎麼這麼恨我，艾藍，這是怎麼了？」

## *13*

還有十天就是章德峰生日了，艾藍給一個人打電話：「章德峰的事情你就別管了，我自己來解決！」

就在這天，章德峰和他老婆去民政局把離婚證拿了，他老婆說：「兩個要死的人了，把離婚證拿了，各自死去，倒也乾淨。」章德峰勸慰她：「我們幾十年的感情了，你也不用說這麼絕情的話。」她老婆冷笑不已。

艾藍這時候打來電話，說她身體不錯，想和他一起去黃山看看。章德峰連連答應著，說：「艾藍，你想開了，真好，過去我做了對不起你的事情，我會用我的餘生補償你！」艾藍的聲音聽起來是真的晴朗了，她說：「好啊，我就等著你補償我呢！」

艾藍和章德峰一起到了黃山，在人群裡，他們就像一對情意綿綿的情侶，互相攙扶著，巧笑著，深情對望著。艾藍爬上光明頂，氣喘吁吁的，臉上緋紅，頭髮沾在頭皮上，她靠在章德峰的後背上，說：「章德峰，我多想就這樣一輩子靠著你呀！」章德峰說：「從現在開始，你就靠著我，靠一輩子！」艾藍說：「好！我就靠你這幾天，我就心滿意足了！」從光明頂四下望出去，天上有雲，地上也有雲，一團團雲，一縷縷雲，各種形態的雲，它們就在這天地間飄著，想聚的時候聚，想散的時候散，自由的事物有縹緲之態。「這裡的雲真好看啊。我從來沒有看到過這麼好看的雲。」艾藍趴在欄杆上，想著一個人如果一輩子僅僅只看這些雲也是多麼美好的事情啊。章德峰用衣服把她裹緊，她這身子骨哪裡禁得起風吹呢？艾藍說：「你的身上好香啊！」

一連幾天，他們趕往不同的景點，章德峰怕艾藍累著，說：「我們可以慢點玩啊，急什麼，你這身體也受不了啊！」艾藍不聽，她興高采烈的，像一個精靈在山間飄浮著，章德峰跟在她後面，不停地給她拍照。爬一線天爬累了，他們背靠背在路邊休息，艾藍問章德峰：「你說，愛情是什麼樣子的？」章德峰說：「我覺得愛情的樣子就是我們現在的樣子啊！」艾藍笑了笑：「我也覺得應該像我們現在的樣子，哎！」章德峰說：「艾藍，你要相信我！」「你覺得我不相信你嗎？」艾藍問他。

章德峰的腿剛剛好，有時候他很吃力，但是他堅持著，不想讓艾藍掃興。艾藍也知道章德峰的腿剛剛好，不能走太遠的路。有時候一個景點路途太長或者台階太陡，他就留在下面等艾藍，他實在無力和她一起爬上去。艾藍爬到高處回過頭，看到章德峰正在仰著頭看她，她的心就軟了。一天夜裡，她半夜醒來，看到章德峰正在盯著她看，看得那麼專注！她問：「你怎麼了？」他說：「我在想，我從前為什麼那樣對你，你就是我要的人啊！」「章德峰，我都是要死的人了，不過，你也……」

章德峰就過來摟著她，身體顫抖著。艾藍仔細觀察他，感覺他，他這些動作、表情、語言，又不像是在表演。她偶爾會想，既然都這樣了，還有什麼不能原諒的呢，忘記那些過去，和他重新開始。但是又怎麼重新開始，她一想到是他把愛滋病傳染給她，她就恨得咬牙切齒：這個惺惺作態的偽君子！這時候，一個聲音就會在她耳邊響起：你不是為了他可以去死的嗎？這個聲音讓她短暫地平靜下來，但是很快，她就反悔：我可以為他去死，但是不是他讓我去死！心裡的那個聲音無力地消失。她突然咬了他一口，咬在他的胳膊上，他一下子跳了起來：「你，你……」

「我恨你，你這個應該千刀萬剮的混蛋！」艾藍剛才溫熱的眼神一下子冷冽如刀，這個女人情緒的轉變幾乎不要一個過渡期。她又變成了一隻隨時就撲上來咬他喉管的獅子，她的身體顫抖著，山裡一片寂靜，彷彿可以聽到她的每一個細胞都在炸裂，啪啪地響。「艾藍，原諒我，原諒我現在才發現我愛你，如果不是真的愛你，我也不會現在還來陪你，我們忘記過去好不好，我做了對不起你的事情，你也……」

他身上的味道，他呼吸的味道，他痛徹心扉的目光把艾藍緊緊地裹了起來，把她散成一盤散沙的身體和靈魂裹緊成一顆小小的核桃，硬的，但是實體的。他們聽見山風撲打窗戶的聲音，山風裡小小的鬼魂哭泣呼喊的聲音，在這個客棧裡，還有很多人和他們在同一個屋簷下，但是他們卻永遠不會靠近，他們沒有靠近的理由、靠近的機會，靠近了也不能從對方身上取暖，也不能在長夜的交談裡讓孤獨像身體裡的腫瘤一樣縮小，這些交流不是醫院的藥水，實在做不到以毒攻毒。世界上的人都是各自為政，所有人的努力都是為了試驗減少孤獨的可能性，結果所有的試驗都以失敗告終。但是所有的人還在前赴後繼地進行這個試驗，因為人們生來就是為了做這個試驗而來的。

艾藍在章德峰躺在床上的時候，在他把她抱在懷裡的時候，她的心就軟了。她無數次因為這樣的心軟而羞愧，而責怪自己，但是她還是一次次地心軟了下來。她抱著章德峰，把頭靠在他肩上，她的手在他的胸口撫摸著，她也想過如果他離開了人間而她卻沒有，她還能不能活下去。在她和他三年沒有聯繫的時候，她還是會這樣想，她這樣想的時候對自己充滿了厭惡，覺得自己就是一個下賤的女人，但是她還是會這樣想。他不再聯繫她，任何時候都不再給她隻字片語，但是她還是想著他，像一個吸毒的女人，控制不了毒癮。

章德峰在夢裡喃喃自語：「讓我們重新開始吧，艾藍。」艾藍聽著彷彿確信了這個人。

黃山的每一個景點他們都去，一個挨著一個去，從來不挑。艾藍神采奕奕，曬了這麼多天的太陽，她臉上似乎多了一點血色。艾嘉給她打電話，感覺到她的聲音也是蔚藍色的，艾嘉說：「不要勉強自己，經過了這麼多，你也知道做什麼才是好的。」艾藍說：「爸爸，我好得很呢！」艾嘉說：「沒有不會消失的愛，也沒有不能消解的恨，我們都是把生命放在這一賭局上的人。輸贏都不過如此，我們只要活著，便是勝利！」

## 14

章德峰的生日到了，艾藍給他過生日，他們找到黃山景區裡最貴的一個飯店。章德峰有些心疼：「這麼貴，咱們得省著點花，一個普通的生日，有什麼大驚小怪的！」艾藍說：「這是我給你過的第一個生日，也是最後一個生日，吃好一點是必須的，人家死刑犯上法場的時候那個斷頭飯也是吃得不錯呢！」章德峰聽了心裡不太舒服，畢竟艾藍是給他過生日，還能說什麼呢？艾藍今天刻意打扮了一番，把一直披著的頭髮紮了起來，精神多了，撲了粉，擦了口紅，彷彿變了一個樣。章德峰看著她發呆，艾藍裝著沒看見，在菜單上忙著圈圈點點。

菜上齊了以後，滿滿一桌子。服務員忍不住問：「你們還有朋友來吧？」艾藍朝他溫柔地笑著：「就我們兩個，我們吃得了！」服務員笑了起來，說：「兩位慢用！」章德峰嗔怪艾藍：「你這是幹什麼，再來八個人怕是也吃不了這麼多的。」艾藍說：「我願意！花的又不是你的錢！」章德峰的臉色一冷：「艾藍，你爸爸的十萬塊錢我肯定是要還給他的，我們回去就還給他！」艾藍說：「算啦，我爸也不差這點錢，而且你現在的表現這麼好，遠遠超過了那點錢，你不找我爸追加就謝謝你了。」章德峰臉色陰沉，這個事情讓他在艾藍面前抬不起頭，讓他很不舒服。他想一定要早一點解決這個問題，也許不一定就能夠解決，但他會好受一點。

艾藍看章德峰陰沉的臉，就過來挽著他的胳膊，把臉靠在他肩頭，撒嬌地說：「開玩笑啦，也不能怪你啊，當時你沒有愛我，要你來關心我也是難為你。現在你愛上了我，咱還提錢的事情做什麼呢？這十萬塊錢就當我的嫁妝吧，我嫁給你的時候，你不找我爸要嫁妝就是了！」章德峰這才有一點放鬆，他熱切地看著艾藍，說：「艾藍，原諒我以前對你不好，但是我會用我的後半生好好地補償你！」艾藍歪著頭，笑嘻嘻地問他：「那你會把你所有對不起我的事情都向我坦陳，向我認錯不？」章德峰撫摸著她的頭髮，溫柔地說：「當然，艾藍，我一定會把我的錯誤向你坦陳，向你認錯！」

艾藍點了飯店裡最好的酒，章德峰喜歡喝紅酒，她就點了一箱紅酒過來。章德峰叫了起來：「我看你今天是瘋了，你不是來給我過生日的，你是來發瘋的！」艾藍笑嘻嘻地說：「人生難得幾回醉，而且和你在一起，我肯定是要醉的，章德峰，我從遇見你那天就愛上了你，一直愛到今天，從來沒有改變過。這愛就已經讓我醉了，可惜啊，你還從來沒有看見我喝醉的樣子，所以今天借你的生日正好讓你看看，這也是借花獻佛吧！」

章德峰的眼圈紅了。他們就這樣一杯一杯喝到飯店打烊，但是酒沒有喝完，菜也沒有吃完，兩個人就把酒和菜拿到房間裡繼續喝，喝到高興處，章德峰就唱了起來，他還有一副好嗓子呢，艾藍就跳了起來，她只穿著內衣，單薄的身材像一個影子，在房間裡扭來扭去，章德峰大聲地笑了起來，幾個月裡，他壓抑得透不過氣，覺得自己被扭成了一根麻花，他痛徹心扉，但是沒有地方去喊，他來去徬徨，但是沒有誰給他一點指引，艾嘉的十萬塊錢生生把一個人炕成了鍋裡的一隻螞蟻，他想跳出這個圈套，但是他跳不出來了。

疼！他在不停地跑，一隻老虎在追趕著他，他不停地跑，那隻老虎不停地追趕，跑了很久，他跑不動了，也厭倦了，準備投入虎口裡。他停下來，回過頭，看著老虎，老虎也不跑了，像他看牠一樣看著他，他向牠走去，他厭倦了這樣的對峙，對牠喊：「你吃了我呀！」老虎輕蔑地看著他，彷彿嫌棄他四十多年被污染的肉體。他向牠走過去，不知道怎麼就被一根荊棘掛著了臉，疼！他本來對這樣的疼不以為然，血，冷涼的血一串一串地往地上掉，冷涼的血，蛇一樣竄出了他的血管。他以為被一條荊棘掛了不會出很多的血，這樣的傷口不大，一會兒就閉合了。但是血卻在不停地淌，從一條幾乎看不見的傷口裡不停地往外淌。他害怕了，他的心虛了，感覺生命正隨著血液一點一滴從身體裡抽走。

突然，艾藍那飄忽的影子出現在老虎的身後，黑色的艾藍，蒼白的艾藍，沒有眼睛的艾藍讓他大吃一驚，他想起來了，他和艾藍剛剛開始，他們重新獲得了愛情，這愛情和他以前所有的愛情都不一樣，他突然不想葬身虎口，他要活下去，和艾藍一起完成這份愛情，他叫了起來：「艾藍，艾藍！」他感覺使用了全身的力氣，卻發不出一點聲音。而血在不停地流。

他的身體劇烈地顫抖起來，彷彿一場毀滅人類的大地震正撲面塌了下來。老虎突然消失了，他的身體一下子四分五裂，他醒了過來。他的胸口在不停地起伏，明白剛才是一個夢，他還在人間，明亮的太陽光從窗戶照了進來，他的心一下子暖和了起來：幸虧只是夢。

## *15*

他發現自己被綁在床上。大字型被綁在床上，身上還蓋了被子。他動了幾下，一點也動不了，他大聲叫艾藍，但是沒有人回答。大聲叫服務員，也沒有人回答，彷彿整個賓館都沒有一個人。怎麼回事呢？他想起昨天晚上艾藍給他過生日的事情，還想起他們把酒拎回了房間來喝，想起他唱歌，艾藍跳舞，然後，他想不起來後面的事情了。誰把他綁在這裡呢？艾藍呢？

他大汗淋漓地躺在床上，不知道發生了什麼事情。誰把他綁在這裡？艾藍去了哪裡？她有沒有危險？他的心像油煎著一樣。直到艾藍回到房間。章德峰看到艾藍，緊張的表情就鬆弛了下來：「你終於回來了，你沒有危險吧？」艾藍笑盈盈地說：「我好得很。我下去吃早餐了。」艾藍拖了椅子在床邊坐下，像他曾經在醫院裡坐在她床頭一樣。章德峰疑惑地看著她，她對他被這樣綁著毫無緊張之色。甚至有一點幸災樂禍。章德峰說：「艾藍，你快把我解開，我被綁起來了！」艾藍說：「既然綁起來了，還解開幹什麼呢？」章德峰不理解她的話，他說：「快把我解開，怎麼回事，我們去報警！」艾藍說：「放心吧，明天這裡的人一定會去報警的。」

章德峰感覺到情況不對。艾藍喝了酒，她靠近他的時候，嘴裡的酒氣就撲到了他的臉上，她的手裡拿了一把刀子，明晃晃的，它的寒光把他的眼睛閃了一下。章德峰的皮肉都緊了一下，彷彿一條魚被人丟在了案板上，艾藍的刀子一落下，他就什麼都完蛋。他皺著眉問她：「你想幹什麼？」艾藍不說話，用手試了一下刀口，血從她的手指上淌下來，她起身抽了紙巾把血擦掉，等血再淌出來，再擦掉。章德峰看得心都快跳出來了。

艾藍一邊擦一邊說：「章德峰，我今天就要把你殺了，首先祝你生日快樂！你昨天說要向我坦白你對我的愛，現在你就好好坦白，不然就沒有機會了！」這時候的艾藍鎮定，表情坦然，好像在說吃飯喝茶之類的事情。章德峰叫了起來：「艾藍，你想幹什麼？你瘋了！救命，救命啊！」他本來不想喊救命的，但是巨大的恐懼卻讓他只能喊救命了。艾藍把刀放到他的嘴巴上，他一喊，唇就碰到了刀口，血就沁了出來。章德峰大汗淋漓，汗水把他的眼睛都糊住了，他看不到艾藍了，他顫抖地說：「是，是，我把我們的孩子害死了，我給你吃的日本點心裡有墮胎藥，有麝香，導致你流產。但是你不能因為這個就一而再再而三地想殺我啊！」

艾藍一刀捅在了他的肩膀上，用了她全身的力氣，在他的肩膀上捅了半刀子深，血噴了出來。噴到了艾藍的臉上，章德峰大叫起來：「你這個惡魔，你這個殺人犯。你上次請凶手殺我，這次你自己來殺我！」艾藍吃了一驚：「你知道是我要殺你，你怎麼不說給警察聽，你還和我在一起，你想幹什麼？」章德峰氣喘吁吁地說：「因為你的日記本上寫滿了我的名字，因為你的日記本上寫滿了我的名字啊！」艾藍的眼淚掉了下來，她問：「章德峰，你疼嗎？」「我疼，我疼死了啊！艾藍，我們都錯了，我們要自救，讓我們重新開始吧，讓我們重新開始吧！」

「重新開始？哈哈哈，你覺得兩個愛滋病人能重新開始嗎？」章德峰喊了起來：「你說什麼，什麼愛滋病？」艾藍一刀扎到他的肋骨上：

「我叫你裝！」「可是我沒有愛滋病啊，我沒有啊！」艾藍又一刀扎下去，這一刀扎到了他的心臟上，血像波浪一樣翻滾而出，瞬間，整個床都被染紅了。章德峰叫了幾聲，再不叫了，他溫柔地說：「艾藍，我沒有愛滋病！」

艾藍最後一刀扎在自己的心臟上，她抱著章德峰，和他躺在了一起：「章德峰，我愛你！」

INK PUBLISHING

印刻文學 598

# 且在人間

| | |
|---|---|
| 作　　者 | 余秀華 |
| 總 編 輯 | 初安民 |
| 責任編輯 | 宋敏菁 |
| 美術編輯 | 林麗華 |
| 校　　對 | 吳美滿　宋敏菁 |

| | |
|---|---|
| 發 行 人 | 張書銘 |
| 出　　版 | INK 印刻文學生活雜誌出版股份有限公司 |
| | 新北市中和區建一路 249 號 8 樓 |
| | 電話：02-22281626 |
| | 傳真：02-22281598 |
| | e-mail：ink.book@msa.hinet.net |
| 網　　址 | 舒讀網 http：//www.sudu.cc |

| | |
|---|---|
| 法律顧問 | 巨鼎博達法律事務所 |
| | 施竣中律師 |
| 總 經 銷 | 成陽出版股份有限公司 |
| 電　　話 | 03-3589000（代表號） |
| 傳　　真 | 03-3556521 |
| 郵政劃撥 | 19785090　印刻文學生活雜誌出版股份有限公司 |
| 印　　刷 | 海王印刷事業股份有限公司 |

| | |
|---|---|
| 港澳總經銷 | 泛華發行代理有限公司 |
| 地　　址 | 香港新界將軍澳工業邨駿昌街 7 號 2 樓 |
| 電　　話 | 852-27982220 |
| 傳　　真 | 852-31813973 |
| 網　　址 | www.gccd.com.hk |

| | |
|---|---|
| 出版日期 | 2019 年 6 月　　初版 |
| ISBN | 978-986-387-290-0 |

定　價　240 元

繁體版由湖南文藝出版社有限責任公司 授權出版


Published by INK Literary Monthly Publishing Co., Ltd.

Printed in Taiwan

國家圖書館出版品預行編目資料

且在人間／余秀華 著.
--初版．–新北市中和區：INK印刻文學，
2019. 06 面；14.8 × 21公分. --（文學叢書；598）
ISBN 978-986-387-290-0　　（平裝）

857.7　　108005150